本能寺から始める信長との天下統一

HONNOUJI KARA HAJIMERU NOBUNAGA TONO TENKATOUITSU

常陸之介寛浩
イラスト／茨乃

「ややこを授かりました」
茶々

小糸
「御遠慮なさらないでください」
小滝

「お背中をお流しいたしたく」
「御主人様、お腹にややこが」
桜子
「真琴様、出来たのよ」
お初

本能寺から始める信長との天下統一 5

常陸之介寛浩

OVERLAP

目次

イラスト／茨乃

プロローグ

《あるかもしれないパラレルワールドの未来》

「常陸《ひたち》時代ふしぎ発見！」

大きな青々とした一本の木を背景に、おなじみの歌が流れると、グループ企業６０９４社が字幕で高速で流れた後、

『この番組は、世界の人々を幸せにする企業理念の世界最大企業、株式会社常陸技術開発研究製作所グループの提供でお届けします』

おなじみの番組スポンサーのＣＭが流れ、番組は始まった。

「皆様こんばんは、今週の常陸時代ふしぎ発見は、安土《あづち》幕府時代、磐城《いわき》と呼ばれた福島県南部に注目して時代を遡って行きたいと思いますが、白柳さん、どうですか？　磐城は？」

テレビ業界生き字引の存在となっている、上品な着物姿のタマネギのような個性的な髪

型の女性を映すと、

「福島県ですか？　そうですわね～若かりしころ、常磐《じょうばん》ハワイア●センターにお仕事でも、遊びにも行った事がありますわね、懐かしい、フラガールの踊りが見事なんですわよね。温泉も入りやすい湯だから久々に行こうかしら」

上品に言うと、マッチョなダンディー司会者は、

「そうですね、今は国内でも屈指の最恐スライダーがあると言うので、私も乗ってみたいですね」

「草山さんは良くても、私は心臓が止まってしまいますわよ。おほほほほほっ」

「なに、心臓から毛が生えてそうな強靱《きょうじん》なマダムがそんなこと言っておますか？　たまには泳いで筋力付けなはれ、筋肉こそ正義でおます」

元プロスポーツ選手で俳優のレギュラー解答者が言うと、

「失礼ですわね、坂西さんは。これでもスクワットは毎日しておりますのよ」

「もう～そこで喧嘩《けんか》しないでくださいよ～」

おとぼけ童顔おじさんが止めに入った。

「そうですね、野々町君の言うとおりですね、で、野々町君は磐城はどうですか？」

「あ～娘と一年に一回は行ってますよ。一年中常夏、楽しいですよね」

「おっと、これはパーフェクトに期待して良いですか？」

「うわ、やめてくださいよ、そうやってプレッシャーをかけるの……」

「まぁ～野々町君は他には行かなさそうですからね。さて、戦国大名、黒坂真琴《くろさかまこと》や伊達政宗《だてまさむね》が愛したとされる磐城から一問目は出題したいと思います。時代ふしぎ発見」

画面はスタジオから、国宝・白水阿弥陀堂《しらみずあみだどう》に変わって、ベテランミステリーハンター竹外さんを映していた。

「本日は、福島県いわき市にある湯本温泉から車で15分の距離にある国宝・白水阿弥陀堂に来ております。見てください。山々に囲まれた場所に造られた浄土庭園です」

国宝・白水阿弥陀堂、１１６０年創建された阿弥陀三尊、持国天、多聞天が安置された御堂《みどう》。

東北地方に現存する平安時代の建築は、岩手県平泉町の中尊寺金色堂、宮城県角田《かくだ》市の高蔵寺《こうぞうじ》阿弥陀堂、そして、この白水阿弥陀堂の三棟のみと言う大変貴重な御堂。

「中の壁画を見てください。とても色鮮やかに残っているのは、あの黒坂真琴が伊達政宗に修繕を命じたからと言われております。もしかすると、黒坂真琴は違った姿の未来の御堂を見ており、保護を考えたのかもしれませんね」

平成の史実時間線では、色が薄くなってしまい、一部しか目視出来ない浄土を表現したとされる壁画。

「さて、ここからが問題です。この白水阿弥陀堂を保護し、湯治客の参拝どころとした黒坂真琴と伊達政宗は、この磐城に価値を見出《みいだ》しました。その価値とはいったい何でしょうか？」

再びスタジオに画面が変わる。

「えっ、さっきから温泉推しだったじゃないですか～草山さん」

「野々町君、それでは問題になりませんよね。白柳さんも坂西さんも、もう答えを書き始めているので、ノーヒントでいきたいと思います」

「えっえっ、ちょっと待ってくださいよ」

おとぼけ童顔おじさんが困る中、解答時間は過ぎた。

白柳、常磐炭鉱
坂西、石炭
野々町、化石

「正解はこちらです」

再び映像が福島県いわき市に戻ると、資料館内部、フタバスズキリュウの化石を撮《うつ》すと、野々町君は喜んでいたが、ミステリーハンター竹外さんはそれを見越したかのように、

「『いわき市石炭・化石館ほるる』に、お邪魔しております。野々町さんは化石と答えていそうですが、正解はこちら、石炭です。黒坂真琴の産業革命の礎《いしずえ》になったことで有名ですね」

再びスタジオの解答席に画面が変わると、

「うわ～娘と見に行ったばかりなのに～、娘が学校の夏休みの自由研究課題で調べてたのに～」

ボッシュートとなる人形をおとぼけ童顔おじさんは口惜しそうに、うなだれて見ていた。

「野々町君も一緒に勉強するべきでしたね」

「草山さん、ツッコミキツいっす」

スタジオは観客席の笑いに包まれていた。

第一章　世界進出

1588年12月3日

安土城の大広間で織田信長《おだのぶなが》の嫡男・織田信忠《のぶただ》の将軍宣下の儀が行われた。

安土幕府の中枢と距離を取っている身だが、流石《さすが》に幕府の職で序列二位の副将軍としては勿論《もちろん》参加。

いつも通りに、南蛮型鉄甲船で大坂港経由、安土城内にある屋敷に入った。

「しかし、やっぱり近江《おうみ》の冬、寒いな」

常陸国より南にあるのに寒い近江国。

雪がパラパラと舞っていた。

う～出来れば帰りに雄琴《おごと》温泉に寄りたいな。でも、諸大名が集まっているから帰りはさっさと逃げないと挨拶と言う名目ですり寄ってくる大名がいるし。

まだ野心に満ちている戦国大名はお近づきになりたいと画策している。

俺と仲良くなろうと、そんなに良いことないのにな。

などと考えながら屋敷に入った。

安土城内にある屋敷は、前田《まえだ》慶次《けいじ》の家臣が留守居役となり管理している。

さらに、前田利家《としいえ》の妻・松《まつ》様も何かと気をかけてくれている。

その為《ため》、いつ泊まっても良いように綺麗《きれい》に維持はされ続けている。

副将軍は安土幕府の正式な役職で、俺と徳川家康《とくがわいえやす》が副将軍となり幕府補佐役、そして、その下に五大老の柴田勝家《しばたかついえ》・羽柴秀吉《はしばひでよし》・滝川一益《たきがわかずます》・織田信孝《のぶたか》・織田信澄《のぶずみ》となる。

中央政権と距離をおきながら自分の領地経営がモデルケースとして採用されるのが俺で間接的関与、徳川家康は幕政に直接関与して封建政治体制を作ろうとしていた。

織田信長は日本国の統一を完成させると、その目は海外に向けられ、国内政治は嫡男信忠に任せている。

織田信忠は幕藩体制により日本国の完全掌握を進め、徳川家康の影響が濃い権力体制だ。

その江戸幕府によく似た封建政治の中で取り入れられているのが俺が進めている改革。

学校の設置、農政改革、防災対策、貨幣流通が推し進められている。

俺としてはこのいいとこ取り、そしてこの時代の封建政治体制に異論はないので口を挟みはしない。

戦乱の混乱から抜け出したばかりの国、幕府という名の独裁軍事政権でも安定国家なら文句はない。

むしろ、民主制を取り入れようとすれば、また混乱は続いてしまうだろう。

もし、民主制を推し進めたとしたら、今まで戦ってきた武士達《たち》は不満を持ち、挙兵しかねない。

その為、江戸時代のような様式も仕方ないと思っている。

極端な考えかもしれないが、国が安定するまでは軍事独裁政権でも共産主義体制でも良いと考えている。

衣食住に困らなくなった段階で平和的、段階的に政治が変わっていくのが理想だろう。

今は民の衣食住が最優先。

織田信長が徳川家康を助けたのは、このように国作りに手腕を発揮すると思っていたのかもしれない。

約260年の平和な時代を作ったことは、初めて会ったときに伝えているし、俺が未来から持ってきた『らぶらぶ』にも、よくよく読めば、その記載もある。

抜け目なし！　織田信長。

幕藩体制が築かれ始める中、信長から征夷《せいい》大将軍《たいしょうぐん》を信忠に譲ることで、織田家での世襲を知らしめようとしている。

信長本人は、そのまま無位無官になるつもりだったようだが、朝廷より正一位太政大臣《だいじょうだいじん》になるよう強く懇願され、安土幕府を磐石《ばんじゃく》なものにするために仕方なくそれを承諾した。

織田信長、正一位太政大臣

織田信忠、正二位左大臣・征夷大将軍

そして、俺は常陸藩の藩主として改めて任命された。

「ヒタチ様、ちょっと良いですか？」

「ん？　どうした、弥助《やすけ》」

式典が終わり安土《あづち》の城をこっそりと抜け出ようとすると、珍しく弥助に呼び止められた。

大黒《だいこく》弥助は織田信長お気に入りの側近、今や伊豆《いず》七島《しちとう》を領地に持つ大名だ。

「娘を貰《もら》ってクダサイ」

「はぁ？　なに唐突に」

「駄目デスカ？　やっぱり黒い肌はお好みにアイマセンカ？　嫌いデスカ？」

弥助……黒人です。

「ちょっと待ってよ、変な誤解しないでくれよ。俺は肌の色や目の色、髪の色の違いなどの偏見は一切ないから。弥助があまりに唐突すぎるからびっくりしたんだからね！　俺ってか、未来では日本にも黒い肌、色の濃い肌や白い肌の異国の人は結構住んでいるし、目の色だって髪の色だって様々な人が住んでいるんだからね。その人達と日本人との間に出来た子供は日本人として受け入れられていて、身体能力高くて大活躍して、それを国民の多くは喜んでスポーツ……ん〜と平和的な競技の争い？　ん〜言い換えるの難しいけど、みんな声援を送って見ているくらいだし、俺だってその一人。それに、俺、むしろ肌は黒い子大好きだもん」

一時期、黒人の人かってくらいにまで、日焼けマシーンで焼くギャル達が日本には登場した。

実は、それは俺の性癖に刺さった。

大好きだ。

リアルで生息数減って、二次元でダークエルフなど出てくるが、そのヒロイン達に萌《も》えた。

そしてハーフのスポーツ選手の活躍に胸は高鳴った。

純粋に格好いいと思え声援を送った。

茨城県、特に南部は研究施設で働く海外の人も多く、さしたる珍しさもない。

同級生にも実際ハーフの子はおり、当たり前の存在だった。

「ダったら……」

「娘さん何歳？」

「数えで10デス」

「くわぁぁぁぁぁぁだから、俺はロリコンじゃないって言うねん！」

つい大声で叫んでしまうと、あとから現れこっそりと見ていた森坊丸《もりぼうまる》が大笑いしていた。

「なにを騒いでいるのです？　常陸様《ひたち》」

「っとに、前田の松様といい、山内一豊《やまうちかずとよ》といい、今度は弥助までうちに年端もいかない娘をって俺の事なんだと思っているのよ」

「ん？　姫を大切に扱ってくれそうな無難な嫁ぎ先？　それに年端もいかない姫を差し出すのは、この時代さして珍しい事ではないのですよ。幼少から嫁ぎ先で育つことで、その家の者として育ちますから。それと、このことを薦めたのは兄上様ですから。人質として姫を差し出したいと弥助が言うので、上様より、常陸様のが良いと」

「はぁ～、蘭丸《らんまる》～坊丸～俺に背負わせないでよ重要なこと」

坊丸の言葉に困った表情を見せると、弥助は静かに隣でコクリコクリと大きな頭で頷《うなず》いていた。

「俺の側室や人買いに売られた娘達の扱いの噂《うわさ》を聞いて弥助も考えたの？」

「ハイ、常陸様なら俺の娘でも平等に扱ってくれるかなって……それに俺、海の外行く」

「海の外？」

聞き返すとコクリと頷くだけだった。

人種差別糞食《くそく》らえ！

俺は大嫌いな差別だが、仕方がない。

今この国では見たことない異国人など、宇宙人みたいな存在なのだから。

「……弥助、俺は側室に最低限の年齢下限を決めている。16歳とね。体の成熟もだけど、精神の成熟、自分で何事も判断できる年齢として16歳と勝手にだが決めている。だから、今は貰うとは返事が出来ないし、なにより、俺は俺の事を好いてくれて、そして家族である側室の皆と調和を乱さない事を優先している。だから、「はい、もらい受けます」とは、返事は出来ないけど、折を見て茨城の城に連れてくると良いよ。顔見せって言うか、挨拶？　観光？　そんな物見遊山でね。それで、弥助の姫がうちに嫁ぎたいと言うなら、そ

「弥助、常陸様は殊の外、女子の気持ちを大切にしますから、今日はここまでにしときましょう」

坊丸が諭すと、弥助は大きな肩をがっくりとさせて、コクリと頷いた。

俺のハーレムルートは続いているのね？

って、本当に年端もいかない娘は困るから！

千世《ちよ》の件を松様にも抗議しようとしたけれど、今回は領地に戻っているみたいで留守だったし、っとにもー。

《茶々《ちゃちゃ》視点》

「どうしました？　姉上様？　食が進まぬようですが？」

「茶々様、私達の料理がお口に合いませんでしたか？」

「おかしいですです。いつも御主人様にお出ししているのと同じように料理しているのですが……」

「ううん、違うの、味は大丈夫よ。この豚と大根の煮物なら真琴《まこと》様も喜ぶ味だと思いますわよ。梅子《うめこ》、桃子《ももこ》、安心して良いわよ。ただね、なんか胸のあたりがムカムカしてね、食べたくないの。特にちょっと脂っぽいのは……どうしたのでしょう」

「姉上様、すぐに薬師を集めます」

「お初《はつ》、そう慌てなくても」

「真琴様が不在の中、姉上様に何かあったら一大事、お江《ごう》、慶次に申し付けて薬師を」

「うん、わかった。すぐ集めるね」

私には思い当たる節があった。

それが当たってくれれば……。

母上様が近くにいてくだされば、ご相談出来たのでしょうけれど。

◇◆◇◆◇

俺は織田信忠、征夷大将軍就任の式典が終わるとすぐに安土を出て、近江大津城下に少し立ち寄ったあと、帰郷するため大阪城の港に行く。

織田信長が先に港でニヤニヤと俺の行動を見透かしたように待っていた。

「帰るの早いな、祝宴にも参加せずに」

「ははは、すみません、苦手なんです」

「まぁ、良い。儂《わし》も信忠に任せてこっちに来たからな。で、相談がある付いてこい」

待ち構えていた織田信長に言われて一隻の真新しい南蛮型鉄甲船に案内された。

船首にはKING・of・ZIPANG Ⅱと書かれている。

目測およそ全長：１００メートル
最大幅：20メートル
マストは４本有る。

船の片側には24の大砲の砲口が覗《のぞ》いている。

左右両方合わせれば48門、今までの南蛮型鉄甲船の２倍はある。

「パワーアップしてる。すごっ。こんな船何隻も建造出来るなら無敵艦隊だって作れそう」

呟《つぶや》くと、信長《のぶなが》はニヤリと笑っていた。

その軍艦と呼んでも良いだろう船の船尾には３階建ての小天主があり、そこに案内された。

最上階でも10畳の広さがある。

床の間には俺が描いた世界地図の精巧な模写が飾られていた。

「信長様、さっそく海外に行かれますか？」

「あぁ、出る。だが、一つ迷っている。唐天竺《からてんじく》を目指すか？　南蛮を目指すか？　だ」

「大陸攻めは勧めませんよ。日本はこのあと約３００年後、一度アジア大陸の一部を支配圏に置きますが、広大な土地を支配しきれませんでした。豊臣《とよとみ》秀吉も唐攻めを目的に朝鮮攻めをしましたが、泥沼にハマりましたから。今の織田《おだ》軍の力なら一度は支配することは可能でしょうが、大義ない支配は直《す》ぐに頓挫します。大陸は日本よりも複雑で民族が乱立していますす。支配するには難しすぎます。無駄な戦いが長引くと思います。民が苦しむ、それには協力は出来ません」

「きっぱりと言うの、他の者など朝鮮を先《ま》ずはと言うのに」

「こういう時に言うのが俺の役目なはずですから。朝鮮や明《みん》などの隣国は貿易相手として線引きをして付き合っていった方が有益だと考えています。隣国は深い付き合いをせず、一線を引きながら、貿易の相手として見る。俺の勝手な持論なんですがね」

「で、あるか。では、どこに進むべきか？　儂は世界が見たいのだ。世界のありとあらゆる物をこの目で、この鼻で、この口で、この肌で全てを感じたいのだ」

「だったら、今、南蛮西洋は大航海時代、その流れに乗り海を制することを勧めます。まだ、このあたりは南蛮には見つかっていないはず、ここをまずは占領しては？」

俺はハワイを指差した。

「ほう〜、まだ見つかっていない地もあるのだな？」

「はい、ハワイが見つかるのは確かもう少しあとです。ここは太平洋の真ん中に位置しています。太平洋を制するなら必ず必要な島です。大陸に大量の兵を出すくらいなら、太平洋域の小島を占領した方が宜《よろ》しいかと」

「海を制する者は世界を制するか？」

「海洋国家日本です。海の道の構築を最初にするのが良いかと」

「よし、その島は日本にしてくれる」

「どうしても大きな陸地が欲しいなら、ここを勧めます」

オーストラリアを指差す。

「この地なら、明国のような国は完成しておらず、火縄銃改・大砲で装備した艦隊なら直ぐに占領出来るはずです。ただ、できうる限り平和裏に占領したいので、オーストラリアを目指すなら同行しますよ」

信長は地図に描かれた、オーストラリアをじっくりと見ている。

「よし、戦国の世に夢を残してしまった荒くれ者どもの行き先は決まったな」

「ただ俺は今すぐは動けませんよ。もう少し、常陸国統治に専念したいです。いろいろ始めてしまったばかりなので、それを放り投げて行くと混乱を残すだけになりますから」

「統治に専念してばかりでなく、早く子を作れ、しかも姫を」

「そんなの狙ってできませんよ！　しかし、嫡男でなくなぜに姫です？」

「儂の孫、三法師《さんぼうし》の嫁とする」

「そんな生まれる前から許嫁《いいなずけ》って無理がありますって」

「考えておけ」

「わかりましたよ。もう、信長様って無理言いすぎ。しかし、海外に行くなら体は大切にしてくださいよ」

「ぬはははははっ、常陸が教えてくれたカレーを毎日食べているせいか元気だ、それにこれが何やら良くてな」

黄色い果実を見せられた。

「南蛮宣教師がご機嫌伺いで持ってきおった。常陸のとこには持っていかなんだか？」

「あっ！　バナナにパイナップル！　うちにはまだ届いてませんよ。良いなぁ～。今井宗《いまいそう》久《きゅう》に頼んで買おうかなぁ。牛乳バナナにしたいなぁ～。これ、健康に良いんですよ、手にはいるなら琉球《りゅうきゅう》あたりで栽培を試みてはいかがでしょうか？」

「いや、この果実を手に入れるために先ずはここを目指す」

東シナ海方面の島々を扇子で指した。

「インドネシアですか？　ここら辺は島々が多いから力攻めでなく友好的に買い上げをしたらいかがですか？　例えば人の住んでいない島を地域の権力者と交渉して買い受けるとか、食料や反物、陶器や、刀を売る代わりに島や港に出来る入り江を買い取るとか平和裏に占領を」

「なぜにだ？　この船で砲撃すれば済むではないか？」

「ここの海峡が貿易の要になります。無駄に敵対すれば通るのに支障が出ます。島々が多く、ここも一度敵対してしまえば占領は難しくなります。それは、約３００年後に起きた戦争でも難題の一つになっていたはずなので」

「ゆくゆくを考えてか？　うむ、西への航路か、わかった考えよう。しかし、狭いの～ここら辺の海は。常陸の描いた地図を疑っているわけではないが、こんなに日本と同じように細長い島や半島が入り乱れておるのか？」

「地形だけは良く覚えていますから、地図に自信はありますよ。俺の時代でも、この海峡は難所だったはず。それに行き交う大型船で渋滞しているとかも聞いたことがありますよ」

マラッカ海峡を指して言うと、

「渋滞？　海の上でか？　ん～まるで瀬戸内の海のようだな」

「そうですね、海の峠と考えていただければ」

「まぁ良い。一度目の航海はこの果実を買い付けられるように行ってみるとするか」

「バナナ、美味《おい》しいですもんね。未来だとハウス栽培と言って、透明なガラスや布で覆った畑で日本でも栽培を試したりするんですけどね」

「ほう、また奇天烈《きてれつ》な事を言いよる。透明な布とな？」

「ビニールと言って未来では比較的一般的なんですよ。生活に欠かせない物で、傘などにも用いたりしますから。そうだなぁ～巨大なガラス張りの蔵を想像してください。そこで暖房を使って生育できるくらいの室温にして栽培するんですよ。未来の農業では一般的で、一年を通してどんな野菜も収穫出来るようになるんですから」

「ほぅ、それは便利よのぉ。しかし、ガラスは高くまだ日の本の国では作れん。銀閣寺のは南蛮商人に運ばせた品だからのぉ。常陸《ひたち》、作れ！」

「また無茶を言う。出来るならやってますよ。農業改革に使えるので。ただガラスを作るのには高温に耐えうる窯が必要だし、ガラス板って俺の知識では難しいんですから」

「うむ、そうか」

福島県の３１１被災地で高級バナナ栽培開始のニュースを見たことがあるし、各地の植物園の亜熱帯コーナーには必ずと言って良いほどバナナが栽培展示され実っていた。

大昔、磐城《いわき》のハワイ、リニューアル前のハワイ●ンズでも見たことがある。

「作れるよう励め、常陸」

「うわっ、無理を言わないでくださいよ。そんな技術も知識も持ってないですから。もう、変な事頼まれる前に俺は茨城城に帰りますね」

「ぬはははははっ、あぁ、帰って早く子を作れ、変な城ばかり作るなよ！　ぬはははははは」

笑われながら言われ、俺は頭を掻《か》きながら恐縮した。

織田信長、天下統一後、南蛮型鉄甲船艦隊の増強に力を入れており、50隻の大艦隊となっていた。

その艦隊で海外に漕《こ》ぎ出した。

大きな一歩の船出は荘厳な迫力だった。

あまりの迫力に頭の中で中島み●き様の名曲が流れていた。

まるで黒四ダムで歌っていたあの姿が、船首に立っているように幻想で見えるようだった。

その海外進出が日本の、世界の歴史を大きく変える一歩になるとは、この時俺は予想していなかった。

太平洋の島々が日本になるくらいの事だと思っていた。

世界地図を大きく塗り替える一歩になるとは……。


俺も落ち着いたら海外に船出したいな。

今なら破壊されたりしていない、古代文明遺跡がまだ見られるだろう。

文化の押しつけで破壊されてしまう数々の遺跡、保護出来れば良いのだけど。

その夢を叶《かな》えるためには先ずは国作りをしっかりしなくては……そして跡継ぎも。

◇◆◇◆◇

茨城城に帰ると年の瀬で、慌ただしく皆が働いているなか、茶々《ちゃちゃ》の姿が見えない。

「お初、茶々は？」

「真琴《まこと》様、お出迎えもせず申し訳ありません。姉上様は今、寝所で休まれているわよ」

普段、茶々に任せてある俺の代理業務をお初が代わりにしていて忙しい様子だ。

茶々が病気か？　と思ったが、お初は微笑《ほほえ》んで、どことなく喜ばしいことでもあったかのように言った。

その顔に疑問符。

昼間から寝所って？

「具合が悪いのか？」

「そんな暗い顔をしないでください。姉上様にお会いになればわかりますよ」

具合が悪いのに喜ばしいこと？

「マコ～おめでとう」

「はぁ？　まだ、年は明けてないぞ、お江《ごう》」

ニコニコしながら言ってくる、お江。

「お江、言っては駄目、姉上様自ら言うって言っていたではないですか」

「初《はつ》姉上様、ごめんなさい。マコ～早く寝所に行きなよ～」

お江に背中を押されて寝所に向かうと茶々が横になって休んでいた。

「入るぞ、茶々、今帰った。どうした風邪か？」

部屋に入るとすぐに身を起こす茶々。

「お帰りなさいませ。お出迎えいたさず申し訳ございません」

「いや、そんなことは気にすることはない、いいからどうした？　顔も少し青白いのでは？　ちゃんと食べているのか？」

「その、真琴様、悪阻《つわり》が酷《ひど》くて」

「はい？　つわり??」

「悪阻です」

「はぁ？　つわりってあの妊娠の時の？」

「ですから、ややこを授かりました」

『悪阻』が、聞こえなかったわけではない。

ただ、あまりにも予想だにしていなかった答えに脳内解釈が追い付かなく変換出来なかった。

一瞬身が固まる。

茶々が不安そうな顔を見せたのがわかった。

「おっしゃ～、わはははははははははは」

「真琴様？」

ガッツポーズをして跳び上がる。

茶々の不安な顔を打ち消すために少し大げさに跳び上がって喜びを表現して踊るように見せたら欄間に頭を打った。

「イタタタタ」

「大丈夫ですか？」

畳に蹲《うずくま》る俺に心配して布団からでて背中に手を当てる茶々。

その手を俺は振り向いて握る。

「体を冷やすなよ、布団に入って休んで、悪阻か大丈夫か？　すまん、わからなくて」

「はい、大丈夫ですよ、病気ではありませんから」

「そっか、そうだな、でも、悪阻も悪化すれば馬鹿には出来ないからな。食べたい物とか食べられる物があるなら言ってくれ、無理してでも手に入れる」

「真琴様、真琴様の一国の主《あるじ》、そして、大納言というお立場、そのようなことはしてはいけません。それに桜子《さくらこ》達《たち》が気遣って食べやすい料理を作ってくれていますから」

「そうか、桜子達が……礼を言わねば」

「ふふふふふ、桜子達は家族ですわよ。妹達となんら変わりません。私はそのつもりですわよ。今更礼を言われると他人行儀みたいで嫌がるでしょう。私の妊娠も妬むどころか喜んでくれましたから」

「そうか、そうだな。それより、兎《と》に角《かく》、体を大切にしてくれよ」

「大袈裟《おおげさ》すぎますよ。お初や桜子達が仕事を代わってくれていますから大丈夫ですよ」

「そっか、何かあったら言ってくれよ」

「わかっていますから、真琴様の子を無事に産んでみせますから」

俺は茶々のお腹《なか》に優しく手を当てた。

「この中に俺の子がいるのか」

実は心の奥で子供は出来ないのでは？　と思っていた。

時代、歴史には修正力があるなどと言う物語を読んだり見たりしてきた。

修正力は今まで発生しなかったが、血のつながりを考えると、子孫は出来ないのでは？

と考えていた。

過去にタイムスリップした俺には子供など出来ないと思っていたが、やはりこの歴史線には修正力はないらしい。

きっと、この世界線には世界線の未来が有るのだろう。

極端に言えば、この世界は日本様式の異世界の可能性もあるな。

ライトノベル界隈《かいわい》ではナーロッパと呼ばれる中世ヨーロッパ風異世界ではなく、中世日本異世界。

時間線が別なのだから、そう考えて良いのかもしれない。

子供……俺の子、親父《おやじ》達に見せてやりたいな。

お祖父様《じいさま》も喜ぶだろうな。

しかも、茶々が産む子が我が子って歴史好きには身震いする事案だろうな。

俺が父親か。

茶々に任せていた執務も本来、俺がするべき事、それに集中する日々が数日続いて、肩こり腰痛に悩まされ、お江に足踏みマッサージを毎日してもらうような日々、

「常陸様、大変です」

いつものように執務をして一休み、お江に背中を踏んでもらっている最中に本多正純《ほんだまさずみ》が部屋に入ってきた。

本多正純は、徳川家康《とくがわいえやす》が帰ってからも常陸国勤めをしている。

「どうした？」

目を逸《そ》らして見てはいけなかったものを見てしまったかのように申し訳なさそうにしながら、

「湯が湯が湧きまして御座います」

「出たか？」

「はい、あの櫓《やぐら》から湧き出しました」

上総《かずさ》掘りと言う技法の井戸掘りの櫓、24時間フル人力で掘り進められていた。

約700メートル管を入れたところで、湧き出したらしい。

俺が命じた仕事の為《ため》、竹管で限界になると、鉄管を作り意地でも温泉を掘り当ててやると躍起になって創意工夫して頑張ってくれたそうだ。

掘削技術改革となってしまった。

この温泉掘削にあたった者達には一両小判5枚のボーナスを恩賞として与えることにした。

温泉を見に行くと、麦茶のような少し茶色の湯が管からドプンドプンと湧き出している。

「まさか、殿様の陰陽力が当たるなんて奇跡だ」

「凄《すご》い温泉がでたぞ~黄金の湯だっぺよ」

掘っていた人足達が喜んでいた。

「皆、お疲れ様、おぉお！　本当に出たね、しかもちょうど良い温度じゃん」

お湯を触ると、少し熱い50度くらいだろうか沸かす必要がないくらいの温度。

「よし、ここに風呂、湯御殿を作る」

命じようとすると後から来たお初に、

「真琴様に任せると、ろくなの作らないから私が作るわよ。左甚五郎《ひだりじんごろう》を借りるわね」

見透かされている。

ぶっ飛んだ風呂御殿を作りたかったのに。

ブロンズのライオンの口からお湯ではなく、萌《もえ》美少女石像の股間、そうだな……可愛《かわい》いのに変態美少女ばかりの青春ラブコメヒロインのお股から、お湯……、いや、それは下品過ぎるな。

だが、小便小僧ならぬ、小便美少女ってそう言えば海外にはあるんだよな、歴史ある小便少女の像。

それを二次元美少女ヒロインで……お初に殺されるな、俺。

美少女の口からお湯が出るようにとも考えたが、それでもお初が間違いなく怒るだろう。

口や股間でなくて、スクール水着美少女ヒロインに瓶か壺《つぼ》を肩に抱えさせて、そこからドボドボとお湯が出てくる妄想も出て来たが、今回は残念だが見送りだ。

いつかは実現してみせるぞ！　そんな野望を心に秘め、お初に任せることとした。

「なら、任せるよ。岩風呂の露天風呂と室内の風呂を頼む。風呂の深さは立って入るくらいの湯と寝転んで入るくらいの湯の二種類を頼みたい、あと竹管でも使って、城下の宿屋だか銭湯だかに湯を分けて。領民も温泉に浸《つ》かれるよう頼むよ。学校の風呂にも通してくれ。生徒達が温まれるようにな。冷えは万病の元。冷え対策は大切」

「はい、わかりました。注文が多いけど仕方ない、任せる方が不安が大きいから私がやるわよ。っとに任せたら絶対美少女からお湯出るような阿呆《あほう》なもの作りそうだし」

お初は、腕を組んで風呂の構想をしていた。

住まいに源泉かけ流し温泉って贅沢《ぜいたく》だ。

取り敢《あ》えず、この日は今まであった風呂に汲《く》み入れてもらった。

梅子《うめこ》が背中洗いに来たので一緒に。

「ふ〜〜〜う、久々に温泉やっぱ良いなぁ〜」

お湯を少し舐《な》めてみると塩味がする。

茨城に多いナトリウム塩化物泉なのだろう。

体が良く温まる。

「御主人様、私も入っているのですから、その様にお湯など舐めないでくださいです。なんか、私の出汁《だし》が！　とか御主人様、言いそうで恥ずかしいですです」

「あはははははははははっ、流石《さすが》に言わないって、なるほど、梅子の汗もここに？　梅子の出汁？」

「御主人様〜やめてくださいです」

梅子は頬を膨らませて珍しく怒った顔を見せた。

今年の冬は暖かく過ごせそう。

体を洗い終わった梅子が一緒に湯船に浸かると、体を密着させてきた。

「御主人様、あの子種をいただけないでしょうか？」

俺の下半身を優しくだが遠慮なく撫《な》でてくる梅子。

「ここでか？」

「はい、昔から温泉には子宝の湯などと呼ばれるところもありますのです。だから、ここでです。御主人様が見つけた温泉なら霊験あらたかなはずですです」

「俺が見つけたって関係ないから」

「御主人様は陰陽師、鹿島の神のお力が秘められたお湯かもしれないですです。弘法大師《こうぼうだいし》様が杖《つえ》を刺したら出て来た湯などと一緒ですです」

「ん〜それはないと思うけどなぁ〜おふっ」

触られてしまった下半身は反応してしまっていたので、初の温泉で梅子と子作りをしてしまった。

いろいろな意味、身も心も気持ちが良かった。

いや、のぼせかけてしまった。

風呂で子作りは危険だ。

◇◆◇◆◇

少しだけ時間を遡って、織田信忠征夷大将軍《おだのぶただせいいたいしょうぐん》世襲の儀のあと、近江雄琴《おうみおごと》の寺に立ち寄った。

本堂で線香をあげ手を合わせ終わり、茶を飲みながら、

「で、皆は息災ですか？」

「はい、義母様《かあさま》、茶々《ちゃちゃ》達の母親、皆元気ですよ」

お市《いち》様、茶々達の母親、俺から見れば紛れもなく義母。

お市様はこの寺で、浅井《あざい》家の菩提《ぼだい》を弔う生活をしている。

ちなみに、落飾、髪はそのままで何ら変わりのない美しい美魔女姿は健在だ。

「そうですか？　で、お江《ごう》も抱きました？」

「げふっげふっ、いきなり直球を投げて来ないでくださいよ。そういうとこ、信長《のぶなが》様にそっくりですよ」

「そりゃ～兄妹ですから。で、お江は？」

「今日はその事をちゃんと言うつもりでしたから。お江は年明けで16歳。兼ねての約束通

り我が妻の一人として側室にもらい受けることのご挨拶を義母様にいたしたく」

「今更過ぎますわよ。本人もそれを望み、茶々もお初《はつ》もそれを望む。姉妹揃《そろ》ってそれを望む。だったら反対することなどありましょうか？　姉妹揃って常陸《ひたち》様に貰《もら》っていただく。戦国の世、なんとか終わりを迎えたとて、まだまだわかりませんからね。姉妹別々の家となると敵味方に分かれ、殺し合わねばなりませんが、常陸様に皆貰っていただくならそれはないでしょう。あの子達は、姉妹で敵味方となって死ぬより、常陸様のそばで一緒に死ぬ方が良いと言っていますから」

　戦国時代、織田信長が天下統一したばかり。いつ元の乱世に戻るかわからない。

　俺の知る時間線とは違うのだから。

「そんな世が再び来ないようにするのが俺の役目だと思っていますよ」

「常陸様の時代では女子の喜びがどの様なものかは想像できかねますが、この時代の女子の喜びは好きな方の子を産み、育てること。その喜びを与えてあげてくださいね」

「まぁ、子作りは好きですから励みますけど……」

「ふふふふふ、頑張ってくださいい。子作りの極意を私が身をもって伝授してあげましょうか？」

「ぶほっ、変な事言わないでくださいよ」

　何気に下ネタ好きのお市様、絶好調。

「ふふふふふっ、私も常陸様になら抱かれても良いと思っているのですよ」

「……冗談として聞いておきますよ。お初の耳に入ったら義母様でも飛び蹴りされそう」

「ふふふふっ。お初ならしてきそうですわね。誰に似てあんなに凶暴に育ったのやら？」

「こないだなんて、城の装飾でめっちゃ怒られましたよ。長刀《なぎなた》持って。危なく刺されかけましたよ」

「噂《うわさ》は聞いていますわよ。美少女を施した城なんて珍しい。そのうち拝見しに行きますわ」

「是非来てください。常磐物《じょうばんもの》の海の幸で、もてなさせていただきます」

「ふふふふっ、自慢の常陸の物ね？ 楽しみにしているわ」

　そして、茨城城に戻ってすぐ、お江と祝言をあげた。

お江は浅井家と織田家の家紋が入った打ち掛けがお市様より送られてきて、それを着て三三九度の杯を交わした。

「これで、やっとマコの家族だ」

「ん？ 今までも義理妹だったから家族だと思っていたけど？」

「え～義理の妹だと他人だよ～」

　そう言いながら、ニンマリと側室になったことがよほど嬉《うれ》しいのか、いつにも増してべったりとくっついてくる、お江。

「お江、大切な話をしておく」

「んと、大体わかってるよ。マコ、この時代の人ではないんでしょ？」

「やはり気が付いていたのか？」

「茶々姉上様も、お初姉上様もなんか隠してるみたいだったし、部屋を見ちゃった」

部屋に隠して置いてある未来の旅行雑誌『ららぶ』の事を言っているのだろう。

「ねぇ〜なんで教えてくれなかったの？　マコの秘密なんて他で話すわけないじゃん。私そんなに信用出来なかった？　子供だと思ってた？」

「違うよ。信用しているし、口も堅いのわかっているよ。俺を守るのに怪しい者こっそりと成敗しているのだって気が付いていたさ」

「じゃ〜なんでよ？」

「未来だと浅井三姉妹の最後って敵味方なんだよ。特に茶々とお江はね。だから、ちょっと考えちゃって」

「そっか、敵味方なんだ、姉上様達《たち》と。絶対やだ。姉上様と敵として戦なんて絶対いや。一緒の城で味方として、マコを守って戦って死ぬんだったら良いけど」

「茶々もお初も同じ事言ってるな。お市様もその気持ちを理解してくれてるみたいで姉妹で俺に嫁ぐの許してくれたけど」

「母上様も知ってるんだ」

「お市様は信長様から聞かされててね」

「ふぅ～ん。で、私、ちゃんとマコの側室になったから教えてくれたの？」

「そう言うこと」

「やっと、本当の家族か、そっかやっと認めてもらえたかぁ」

「いや、ずっと家族だったって。ただ、他家に嫁ぐ可能性が捨てきれなかったから」

「うん、わかってるって。ねぇ～マコ～これからは未来のお話いっぱい聞かせてね」

「ん～少しずつね」

「夜伽《よとぎ》が楽しみ」

鼻歌交じりにお江は上機嫌の様子だった。何気によく鼻歌を歌っているお江に、未来の歌、大好きだった平成の歌姫の歌を教えてあげると、よく歌うようになってしまった。

ん～歌なら誰に聞かれても、問題ないとは思うが。

意外と良い声で歌うお江、これからが楽しみだ。


俺には正妻の茶々がいる。

現在四人の側室、お初、桜子《さくらこ》、梅子、桃子《ももこ》。

お江が俺の倫理観から16歳まで肉体的には（仮）の側室。

正式に側室だが、夜伽は年明けからとした。

毎夜、お江を除いた五人が子作りのため寝所を交代で共にしていたが、茶々が妊娠し四人の交代サイクルに変わっている。

そんな中、夜だけでなく最近では風呂まで一緒に入ってくる。

茶々が妊娠するまでは、湯あみを着て背中を流す程度だったが最近はすっぽんぽんで風呂に入ってきては求めてくる。

お種争奪戦。

茶々が妊娠したことで、みんな焦る気持ちはわかるし、嬉しいけれど休まる暇がない。

朝一回、夜一回せっかく湧き出した温泉でのんびりと入浴をしたいのだが……。

風呂で朝晩一回ずつ、そして寝所で……。

いくら若いからって一日何回もは無理だ。

しかも、寝所だと何回も何回も求められる。

腰が壊れそう。

小広間に五人を集めたが、お江もいつも通りにじゃれついてくるので、六人。

「あのだな、毎日毎日、朝夕晩と何回もは体にこたえるから、やめて。大体夜なんてカラッカラになるまで搾り取ろうとするけど、種薄まっているはずだからね！　気持ち良いし、その愛を感じるから贅沢を言っているのは俺の方だとは思うけどさ」

　真剣に訴えると、

「私も御主人様の子供を授かりとうございます」

桜子が最初に言うと皆が一斉に肯《うなず》く。

「だから、夜はするけど風呂は勘弁して、風呂はゆっくりしたい」

「ですが、お江様が16になられたらお抱きなさるのでしょ？　それまでに子種を頂かねばですです」

梅子《うめこ》が身を乗り出して言う。

「ん？　お江が入っても一日交代日数が変わるくらいだし駄目なん？」

「だって、お江様が側室になられたら私たちより、お江様ばかりになるんでございますですのでしょ？　おにいちゃん……御主人様」

いつも控えめな桃子まで身を乗り出して言う。

「みんなのマコを独り占めなんかにはしないよ」

俺の首を後ろから絞めているお江、ニコニコしながら言う。

「あのだな、お江がこうやってじゃれてるのは遊びなんだから、それとこれとは違うから。お江を正式に側室にしたけど、お江ばかりに首ったけになったりはしないから、俺は側室に皆をしたときから平等に扱ってきたつもりなんだけど」

「ですが……」

三人は同じ表情で歯痒《はがゆ》そうにする。

「では、約束させましょう。真琴《まこと》様はあの義父上《ちちうえ》様に神文血判《しんもんけつぱん》の約束ごとを書かせたほど神仏を尊んでます。夜伽の順番を守るよう神文血判に記し約束すれば皆も信用するでしょ」

茶々がとんでもないことを口走った。

「はぁ？　ちょっと、なにそれ？　神様に夜伽の順番を約束するの？　武甕槌大神《たけみかづちのおおかみ》もビックリだよ！　神様も迷惑だよ！」

神様に『浮気はしません』って誓わされるなら、不思議ではないが、『夜伽の順番を守ります』って約束して良いのか？

「姉上様、名案ではございますが、そのようなことを神様に誓うのはいかがなものでしょう？」

「だよね？　だよね？　お初もそう思うよね？　夜伽の順番を分け隔てなく守るってのを神様に誓うってなんか、凄《すご》いこと茶々は言うな」

「嫌なのですか？　真琴様？　このままでは朝夕晩続きますよ。真琴様のお体を思って提案したのですが？」

茶々の鋭い視線を久々に見た。

「ゲフッ、ゲフッ、ゲフッ、それは困る、わかった書いて約束するから、皆は知っているはずだが、神仏の御力《おちから》をお借りする俺は、神文血判の約束ごとは絶対。だから、俺が約束する以上、皆も夜だけと約束してもらう」

「よろしいですね、皆」

茶々が言うと皆は渋々頷《うなず》いた。

俺は神文血判用の紙に、

『夜伽の順番は堅く守る。

正妻、側室分け隔てなく子作りに励む。

誰か一人に固執する事はしない。

鹿島神宮、武甕槌大神に誓う。

大納言黒坂常陸守《くろさかひたちのかみ》真琴』

と、書いて血判した。

側室達は側室達で、

『子作りは夜だけと約束し順番を守り抜け駆けはしない。

また、黒坂真琴を独り占めすることもしない。

鹿島神宮、武甕槌大神に誓う』

神文血判に名前を列《つら》ねて書いた。

うん、こんな約束をするのに神様、武甕槌大神に誓うなんて、武甕槌様に迷惑な気がする。

荒ぶりそう。

申し訳ありません。武甕槌大神様。

この神文血判状は鹿島神宮に納めてもらうように頼んだ。

その日から、夜伽だけになったが回数を決めなかったのは悪かった。

なかなか眠らせてもらえなかった。

結局は搾り尽くされる毎日辛《つら》い。

ハーレムは子作り無視だから楽しいのであって、子作りという目的があると苦しい。

そんな現実を貴志《たかし》と智也《ともや》に教えたい。


この神文血判、少子化対策一夫多妻制となっていく日本で法制化されるきっかけの一枚として、この世界の未来線で『夜伽順番約束事血判状』として『国宝』認定されるとは俺は後に、とある事件で知ることになるが、それは先の話。

《桜子と桃子》

「姉様、良かったのですか？　お種を貰《もら》う機会が少なくなってしまいます」

「私、早くおにいちゃん、御主人様の子産みたいです」

「桃子、焦る気持ちはわかりますが、御主人様は夜伽の時は嫌な顔をせず抱いてくれるではありませんか？　お疲れなはずなのに」

「はい、必ず一回はしてくれます。ですが、お江《ごう》様が入ると順番が回ってくるのが。それに、また側室いつ増えても……千世《ちよ》ちゃんと与祢《よね》ちゃんも」

「ふふふふっ、千世ちゃんと与祢ちゃんはもう少し先ですから大丈夫、それより学校の生徒達です。御主人様はお抱きにならないと決めておりますが、大納言の御主人様のお手つきになろうとする者が出てくるはず。現に御主人様が考案なされたセーラー服の丈をやたらと短くして、お尻が見えている者までいるではないですか？　あのような者の方が恐《こわ》いのです」

「え？　だって、おにいちゃん……御主人様は手出ししないって」

「女子に優しい御主人様が女子に押し倒されたならどうです？」

「あっ……うん、おにいちゃんなら断らないかも」

「お江様がくっついているのもそのような者に隙を与えない為《ため》。お江様もお忙しくなられているので、桃子と梅子は手が空いているときは御主人様に甘えると良いです。そういう風にわざと生徒達に見せて隙を与えないのです」

「姉様もするのなら、少し恥ずかしいですけどしますです」

「……私は、夜伽の順から離れるかも」

「え？　姉様」

「良いのよ。ほら、御主人様大好物の美少女ぬか漬けかき混ぜる手を止めない」

「あっ、うん」

◇◆◇◆◇

１５８８年12月末

茨城城の本丸御殿の庭で鏡餅を作るために餅を搗《つ》く。

家臣や餅屋に頼むことも出来るが、味気無い。

最早《もはや》、当家の恒例行事、俺が拝んでいる祭壇用と、元旦に食べる分くらいだけでも自分達《たち》で搗く。

それにつきたての餅の味は格別だし、自分達でやりたい。

桜子三姉妹は、元々下働きから側室になっているので、働く事には文句もなく率先して働いてくれる。

浅井《あざい》の姫出身の茶々《ちゃちゃ》達三姉妹も御嬢様《おじょうさま》なはずだが、毎年楽しんでいるようで働いてくれる。

ありがたい嫁達。

ただ、今回は茶々は餅米を蒸す匂いで悪阻《つわり》が出るらしく、茶々はほどほどに冷めた餅で鏡餅形成をしていた。

男手は俺と柳生宗矩《やぎゅうむねのり》と伊達政道《だてまさみち》、そして、ほくほく顔で腕捲《うでまく》りをしている本多正純《ほんだまさずみ》。

時代劇で見た気難しい政治家本多正純のイメージをことごとく壊してくれる。

正純の食いしん坊万歳。

蒸しあがった餅米を次から次に正純が搗き、絶妙なタイミングで宗矩が引っくり返していた。

まるで、平成時代にテレビで見たような素早さ。

ペッタンペッタンペッタンペッタンペッタン、ウニュ、ペッタンペッタンペッタンペッタンペッタン、ウニュ、ペッタンペッタンペッタンペッタン、ウニュ
「そいやさー」

「えいやさー」

「そいやさー」

「えいやさー」

俺の出番がないようなので、俺は女学校生徒が抱いて発酵させて作る美少女藁《わら》納豆を皿に取り出し、ひたすらかき回しては醬油《しょうゆ》を一滴入れさらにかき回す入れかき回す。

美少女藁納豆、そのうちパッケージ付けて売り出そうかな?

学校の良い収入になりそうだし。

茨城県、水戸《みと》市も、納豆名物を推し進めるのをやめないなら、そのくらい攻めて欲しいな。

美少女パッケージの納豆。

どこかの農業高校とコラボレーション。

女子校生が抱いて作らないまでも、生産に携わるとかしてさっ。

なんて、酷《ひど》く怒られそうな妄想をしながら納豆をかき回していると、

「ひたち様～いつまで納豆、かき回してるですか？」

「あっ、与祢、おっ、千世も遊びに来たか？」

「うん、慶次《けいじ》のおじうえ様が城で餅つきしているから行ってくると良いよって」

前田《まえだ》利家《としいえ》と松《まつ》様の娘、千世は結局、土浦城の前田慶次邸にお世話になることとなり、山《やま》内一豊《うちかずとよ》と千代《ちよ》の娘、与祢は水戸城から時たま茨城城下の山内家上屋敷に来ている。

前田慶次は初詣に賑《にぎ》わう寺社の治安を守るための準備、家臣達へ指示するのに忙しいそうだ。

意外とちゃんと働いている前田慶次。

「ひたち様～、納豆真っ白にまで糸ひいてるですよ」

「ね～まぜすぎ～」

「与祢も千世もまだまだよな、ぬはははははははは、納豆はかき混ぜればかき混ぜるほど美味《おい》しくなる。かの北大路魯山人《きたおおじろさんじん》も４２４回混ぜると美味しいと……あ～北大路魯山人より俺のが先の時代の人か……」

「マコ～二人に変な事吹き込んでないで、餅つきの後のたれ作り真面目にやってよ～」

お江に怒られてしまうとは……。俺の今日の役目はみんなの作業が終わったら食べる納

豆のタレ作り。

醤油に砂糖を一匙《ひとさじ》入れたものを用意。

「あっ、丁度良い、二人ですり鉢押さえて」

「「は〜い」」

千代と与祢の二人にすり鉢を押さえてもらい、クルミをグリグリと砕く。

このクルミは真田《さなだ》家からの贈り物、うん、なんか真田昌幸《まさゆき》ってクルミ三つ持って手でゴリゴリ鳴らしているイメージだ。

梅子《うめこ》が力任せにかち割った中身を少しだけ醤油を垂らしてグリグリグリグリすりつぶす。

他にもすりつぶしてある、きな粉に砂糖をまぜまぜ。

納豆餅、砂糖醤油餅、くるみ餅、きなこ餅。

「どれ、最後の餅ぐらい俺が搗きたい」

杵《きね》を受け取り政道とのコンビで餅搗きをする。

「よいしょ、よいしょ、よいしょ」

「真琴《まこと》様、腰に力が入ってませんよ、しっかり搗かないと美味しい餅が食べられませんよ」

お初《はつ》に言われてしまった。

最近、剣の稽古サボりぎみだったからだな。

「常陸《ひたち》様、美味しい餅を食べるため私が代わります」

再び正純に杵を奪われてしまった。

仕方あるまい。

正純はトロトロフワフワの餅を搗きあげた。

桜子《さくらこ》達が拳大に千切ってくれる。

「お疲れ様、四種類のタレを用意した、好きなのをかけて食べてくれ」

「待ってました。常陸様が作る一風変わった料理」

平成なら一般的なんだけどね。

「あっ！　正純、詰まらすから急いで食べない。十分に用意してるから」

砂糖醤油をかけた拳大の餅を一口で食べようとしていた。

砂糖は高級品、うちくらい権力とお金を持っていないと贅沢《ぜいたく》に使えない。

「ははは、すみません。しかし、美味《うま》い流石《さすが》、常陸様」

正純は四種類のタレを付けて次々に頬張る。

茶々達も食べる、どうやら甘い餅、きな粉と砂糖醤油が人気。

俺は納豆餅。

「夏なら兄上様考案のずんだ餅に出来ますのに」

政道が呟《つぶや》いた。

「うっ、うん、あれはあれで美味しいけどね、ははは」

新鮮な枝豆の味、匂いを１００パーセント引き出した伊達政宗《まさむね》考案のずんだ餅。

悪くはないけれど、好んでは食べないかな。

枝豆大好きにはたまらない一品なのだろうけれどね。

腹を叩《たた》いて満足そうな正純。

「料理を食べて満足してもらえるって嬉《うれ》しいな。ただ、正純、食べ過ぎるなよ。家康《いえやす》殿と同じ腹になりつつあるぞ」

「はははは、すみません」

正純もメタボ化しそうだ。

「おいち～」

「ほんと甘くておいしいです～」

千世と与祢も喜んで食べているのを見て、桜子が、

「このような娘を授かりたいものです」

そう言って微笑《ほほえ》ましく見ていた。

娘にいても可笑《おか》しくない年頃の姫を俺の側室にしようとしている、前田利家と山内千代の企《たくら》みどうにかしないと……。

子供は単純に好きだから城に遊びに来るのは全然構わないのだけれど、お江が対抗心むき出しで、餅の早食い競争でも始めそうなのが恐い。

餅吸いでも始めそうな勢いなので、見張っておかねば。

それにしても今年はなんとか無事に終われる。
来年は家族が増えるぞ。

第二章　家臣募集

1589年元旦

茨城城から霞ヶ浦《かすみがうら》の先、鹿島灘《なだ》に昇る初日の出を拝む。

今年は、六人の妻達も熱心に祈りを込めて願っているようだった。

「無事、産むことが出来ますように」

茶々が小声で言っていたのが印象的だった。そうだね……医術も未発達の中での出産は、母子ともに命がけ。

一度、拝み終えた年神の初日の出に拝み直した。

城内の祭殿に挨拶を済ませ、一年の国家平安を祈願し、茶々の安産を祈願、さらに、平成時代、茨城県で安産、子育て祈願で有名な桜川市にある雨引観音に家臣に代参を頼んだ。

そして新年を迎えて家臣達から年賀の挨拶を受け、酒宴を楽しんでいる。

もちろん、メインディッシュは常磐物《じょうばんもの》の鮟鱇《あんこう》を使ったドブ汁なのだが、悪阻のある茶々の為《ため》に、今日は鮟鱇の身を軽く蒸した物を用意。

酢味噌《すみそ》のタレで食べやすくした。

茶々は淡泊で脂身も、臭みもない鮟鱇の白身が食べやすいようだった。

あん肝も蒸して醬油をお酢で割り、さらに匂い付けに橙《だいだい》を搾ったポン酢に大根おろしを混ぜて食べる。

これは、酒を飲む来客用で良いつまみとなった。

これはこれで脂っこさが減り、さっぱりしていて美味いのだ。

安土《あづち》城の織田信忠《おだのぶただ》にも、森力丸《もりりきまる》に極上の鮟鱇を新年の挨拶として持たせ、俺の代理として登城させた。

家臣ではなくてもそのくらいの一般的な常識的な行動はする。

家臣達《たち》と酒宴を楽しんでいると、

「御大将、兄上からの使者が来ております」

伊達政道が言う。

政道の兄はあの伊達政宗。

今は磐城《いわき》・陸前を領地にしているため隣国の領主。

お隣さんだ。

「おう、会おう。せっかくだからお使者の膳も用意してくれるか？　桜子」

「はい、もちろん正月なので来客もあるかと思い、たんと用意してあります」

桜子に頼むと、城内勤務日なのだろう、あおいが運んできてくれると同時にお使者も入ってきた。

お使者は見知った顔なのだが、礼儀として俺の座る上段の間から一番離れた下座に座って、頭を下げた。

「新年あけましておめでとうございます。本日は当主・伊達《だて》政宗が名代として新年の挨拶に来た次第でございます」

伊達成実《しげざね》……若かりしころの三浦●和さんっぽい好青年。

「成実殿、遠慮などせず、どうぞこちらへ、膳を用意させましたから」

「これはこれは、天下に名高き黒坂《くろさか》家の料理がいただけるのですか、ありがたい」

上座近くの席に座ると、あおいが酌をして酒を一口飲み、鮟鱇を口にする。

「おお、鮟鱇は磐城でも食しますが、このような食べ方も上品でまたいいものですね」

「鮟鱇の酢味噌和《あ》えと言いましてね、今、悪阻《つわり》であまり食が進まない茶々《ちゃちゃ》の為にさっぱりとしたものをと思って作りました」

「これはこれは御懐妊ですか、おめでとうございます。おっと、忘れるところでした。我が殿からの土産の品も食べやすいかと」

成実が廊下の方に声をかけると、お供の者が、皿に山と盛った竹に巻かれて少し焼き目の付いたものを差し出してきた。

「当主政宗手作りの魚のすり身焼きにございます。僭越《せんえつ》ながら献上する前に毒見を御前でさせていただきます」

「はははははは、必要ないよ。政宗殿はそのような料理に毒を入れるような御仁ではないはず、一本いただきます」

「御大将！」

柳生宗矩《やぎゅうむねのり》は恐《こわ》い顔で止めようとしたが一囓《ひとかじ》り。

「ん、んんん？　ん？」

俺が唸《うな》ると、宗矩が腰の刀に手を置いて今にも成実に斬りかかりそうな気まずい雰囲気になる。

「常陸様、いかがいたしました？」

膳をどかして身を乗り出す成実。

「あっ、ごめん。宗矩、違うから手を戻して。成実殿、これ笹《ささ》かまですよね？」

「魚のすり身の竹筒焼きにございますが、お口に合いませんでしたか？」

「いや、美味いよ。ほら、皆も食べて」

家臣達や茶々達も口にして美味《お》しいと言う。

「これ『笹かま』って命名すると良いよ。伊達の『笹かま』きっと名物になるから」

「はっ、我が主《あるじ》にそのように伝えます。お料理の腕前で有名な常陸様にお褒めいただいたこと、うちの殿は大変喜ぶと思います」

成実が持ってきたのは、笹かまの原型だった。

なかなか美味いのだが、戦国武将・伊達政宗がすり鉢で魚をすりつぶしているのを想像するとなぜか不思議と笑いがでた。

勿論《もちろん》、三日月の兜《かぶと》を被《かぶ》って料理をしているわけではないのだろうが、戦国武将が料理をする。

想像すると不思議な光景だ。

魚のすり身、そう言えば『なると』に、挑戦したかったんだよ。

今年のお雑煮にも、なるとなしだったし。

ん～来年の正月に間に合わせたい。

笹かまが、ほどよく香ばしく美味いので、俺も珍しく酒が進んだ。

酒が少し進むと成実はほろ酔い加減で緊張の糸がほぐれたのか口も軽くなり、

「常陸様、是非一度領内に足を運んでいただければと」

「磐城、良いよね～温泉あるし。湯本……佐波古の湯、入った？　岳《だけ》温泉は？　東山温泉は？　磐梯《ばんだい》熱海《あたみ》温泉は？　磐梯山近いから温泉いっぱいで良いよね。常陸国は火山ないから、陸奥《むつ》より温泉は少なくて」

佐波古の湯とは、あの日本のハワイで有名なスパリゾートハワイ●ンズがある湯本温泉の古い名。

「常陸様の風呂好きは耳にしておりましたが、磐城の湯にまで詳しく、お好きでしたとは……小次郎《こじろう》殿、それならそうと、お知らせくだされば良いものを。湯を運び申したのに」

「我が殿の事を他言することは厳しく制約させております」

柳生宗矩が渋い顔で忠告的に言うと、伊達小次郎政道《まさみち》は頷《うなず》いていた。

なるほど、政道暗黙の了解をしっかりと守っているのね。

信頼できる家臣になったか。

「成実殿、無理して湯を運んだりしなくて良いから、常陸《ひたち》の国にも温泉はあるから」

この時代、温泉も立派な贈り物になる。

江戸時代など、江戸の将軍の下に温泉が献上された話は物語で目にしたことがある。

「はっ、心得ました。拙者、小名浜という地に城と港を築いている最中、その人足達には佐波古の湯で湯治を奨励しております。御先代輝宗《てるむね》も度々訪れております」

「そっか、輝宗殿は息災かぁ」

「はっ、悠々自適の生活を送らせていただいております」

「輝宗殿にお伝えして、政道は正式に家臣として黒坂家が貰《もら》いたいとね」

「え？　御大将？」

この言葉で誰よりも一番驚いているのは伊達政道本人だった。

「政道、今、藤堂高虎《とうどうたかとら》が築いている常陸国北端の城を任せるにあたって、預かり人から正式な家臣となるよう命じる」

「ありがたき幸せ。孤軍奮闘の限りを尽くさせていただきます」

「……大殿も実はそれを望んでおりまして、本日はお願いに来たのですが、言うまでもありませんでした。いや～年明けからめでたい。これで伊達の縁者も側室に貰っていただけるなら嬉しいのですが」

「もう、側室は良いって」

子種戦争をなんとか鎮めたばかりなのに。

伊達成実は機嫌良く帰って行った。


新年の挨拶は、伊達政宗《まさむね》の家臣の伊達成実が来たあとは、上杉景勝《うえすぎかげかつ》の家臣・直江兼続《なおえかねつぐ》、相馬義胤《そうまよしたね》の家臣、南部信直《なんぶのぶなお》の家臣・津軽為信《つがるためのぶ》の家臣などが名代として来た。

織田信長《のぶなが》の軍師扱いで義理の娘だが娘婿の俺は、東国を任されている立場として認識されている。その為ご機嫌伺いというやつだ。

幕府の政治とは一線を離れているため、気にしていなかったが常陸一国では不釣り合い、下総《しもうさ》も領地にしろ。と、言った織田信長は、これを計算に入れていたのだろう。

名実ともに副将軍か。

そんな中、もちろん羽州探題の最上義光《もがみよしあき》からも新年の挨拶の使者が訪れた。

「御大将、我が伯父、最上義光が嫡男で私の従兄弟の最上義康《よしやす》が登城いたしましてございます」

伊達政道が知らせてきた。

「あぁ、最上家はお母様がご出身だよね。一度会ってみたいな、義様《よし》に。ものすごく気丈なお母様だよね？　義様が作る雉《きじ》の汁を食べてみたいな」

国民的歴史ドラマファンの俺が思わず口走ってしまうが、最早《もはや》うちの家臣では俺の言動が可笑《おか》しいことには慣れている様子で、政道は少し困った表情を見せながら笑っていた。

「我が母は自ら雉を仕留めては料理しますから、美味しいですよ。ぜひ機会がありましたら頼んでみます」

「最上義康は広間に通してあるんだよね？」

「言われなくても御大将なら膳でもてなせ、と言うだろうと思いまして広間に通してあります。御台所《おだいどころ》に声をかけましたら梅の方様も御承知の様子で早速、鶏の首を斬り落として膳の準備をしておりました」

「ははは、そうかそうか」

対面所となっている小広間に行くと若い小柄な青年がひれ伏していた。

上座に俺が座ると、その青年は緊張しているのか震える声で、

「羽州探題・最上義光の名代として新年の挨拶をいたしに来た次第でございまするぅ」

「新年の挨拶御苦労様。面を上げて楽になされよ、義康殿。御大将、常陸大納言様は堅苦しい挨拶は好まぬお方、気になされず面を上げられよ」

聞いたことある声に驚いたのかパッと顔をその声の方に上げ一度見て、俺の顔を見た後に再度政道の顔を見て察した様子だった。

「雪深い山形から出てくるの大変だったでしょ？　今、膳を持ってこさせるから体を温めると良い」

「そ、そんな、恐れ多きことにございます」

頭を横に振り恐縮している最上義康は、神木○之介君似だった。

「ははは、うちに来た者は皆、料理でもてなしている。皆一緒の事だ遠慮しないでくれ。若い者がそう遠慮するものではない」

「はっ、はい。ありがたき幸せにございます。父より預かってまいりました荒巻鮭《あらまきざけ》80匹を献上いたします」

どうやら俺には食べ物を持ってくるのが決まりのようだ。

むやみに高い贈り物、理由なき物は受け取っていない。

その為《ため》、食べ物ならとの考えだろう。

上杉家からは大量の笹団子《ささだんご》が届き、南部家からは陸前の干し昆布が届き、津軽家からは滋養強壮にとトドの干し肉、相馬家からは柚餅子《ゆべし》と早摘みの枇杷《びわ》が届けられた。

食いしん坊副将軍万歳？

「ははは、義光殿は殊の外、鮭がお好きだと聞く、そう言えば以前に鮭フライを出したら喜んでいたね。そんなこだわりの最上家の鮭ならきっと美味しい荒巻鮭なんだろうね、後でいただくよ」

「お口に合えばと思います。で、大変失礼なのですが一つお願いの儀があります」

「これ、義康殿、唐突に失礼ですよ」

政道が止めに入る。

「良いから、義康殿、言うだけはタダ。申してみなさい」

「はっ、はい。父よりの願いにて、私を常陸様の小姓に加えていただくことはできないでしょうか？　これは父がしたためました書状にございます」

最上義光の名で、大変丁寧な長文で義康を鍛えて欲しいと記してあった。

「えっと、跡取りだよね？　良いの？」

「はい、幸い父はまだまだ元気、年衰え家督を譲られることになった際には帰国いたしたいと思いますが、それまで常陸様の下で学んで来いと父が申しております」

「知っているかどうかわからないけど、当家は働き手が不足しているから大いに歓迎するけど、結構忙しいよ？　大丈夫？」

「はっ、この義康、身命を賭す覚悟で仕えさせていただきます」

「わー、久々に命投げ出す覚悟キター、うちはそれはないから。仕事は忙しいけど交代で必ず休日を取ってもらうし、仕事で失敗しても切腹とか命じないから。体を大切にして働く約束が出来ないなら当家では雇えないよ」

「わかりました。とにかく、常陸様の下で働かせていただきたくお願い申し上げます」

「小姓は政道が側近纏《まとめやく》役奉行だから、伊達の下になるわけだけど、それも了承できるの？」

「致し方なきこと、勿論にございます」

「だったら、明日からは義康殿は家臣だ。だが、今日は最上家からの新年挨拶の使者、料理を楽しんでくれ」

ちょうど廊下から揚げたて唐揚げの匂いがしてきたのでそう返事をした。

すると、襖《ふすま》が開き梅子《うめこ》が揚げたて唐揚げとフライドポテトを山盛りにした膳を運んできた。

「御主人様、お若い使者だと聞いたので鮟鱇《あんこう》より、これがよろしいかなとです」

「おっ、良いね。ありがとう。さっ、義康殿冷めないうちに」

白い髭《ひげ》のおじさんが作っているみたいにまで進化したフライ料理でもてなす。

若いかな、義康はそれを喜んで平らげた。

最上義康14歳、小姓として次の日から城で働くこととなった。

新しき家臣。

んー、若い、労働基準法違反な気もするが、宗矩とかもそのくらいから側近をしているから気にしないでおこう。


最上義康、雇うに当たって少し腕試し、政道と竹刀で試合をさせてみた。

「あの、父より棒術を仕込まれていまして、棒でよろしいでしょうか?」

「あ~長物の竹刀ならうちにはあるからそれで良いかな?」

「はっ、かまいません」

政道は竹刀を正眼に構え、義康は棒状2メートルほどの長さの竹刀を槍《やり》のように構えた。

政道は柳生宗矩の道場で鍛えている。

一応、免許皆伝までになっている。

その為、義康がじりじり寄ってきても、正眼でじっと待つ。

「えいやー」

義康が得物のリーチの差を巧みに使って叩《たた》き込んできたが、政道はスルリと軽々と躱《かわ》し、義康の懐まで近づくと、首に竹刀をすれすれで止めていた。

「まいりました」

義康は潔く負けを認める。

「義康、落ち込む必要はないからね、うちは新陰流《しんかげりゅう》の使い手、柳生宗矩《やぎゅうむねのり》が直々に手ほどきしているからちょっと特別。政道も来た当初はさほどの腕ではなかったから」

「御大将、さほどの腕ってちょっと悲しいです」

「はははははっ、だが、今は柳生新陰流免許皆伝、今も静かな剣捌《さば》き見事。義康は今後、柳生の道場に通い剣を習うように。あっ、棒術だと槍のが良いか？　前田慶次《まえだけいじ》か真田幸村《さなだゆきむら》に手ほどきを受けられるようにするから鍛えるように」

「お心遣いありがたき幸せ。近習としてお守りできるよう励みます」

少し華奢《きゃしゃ》な最上義康だが、うちのたんぱく質多い料理と、道場での稽古を積めば政道達《たち》のように筋肉が付いて強くなるだろう。

まだまだ若いので成長が楽しみだ。

うちは、というか俺には、家臣が少ない。

家臣・与力として働いてる者は森力丸《もりりきまる》・前田慶次・柳生宗矩・真田幸村・伊達政道《だてまさみち》・高山右近《たかやまうこん》・山内一豊《やまうちかずとよ》・藤堂高虎・本多正純《ほんだまさずみ》・今回入ったばかりの最上義康。

他に、左甚五郎《ひだりじんごろう》と狩野永徳《かのうえいとく》が働いているがこれは別枠。

さらに、茶々《ちゃちゃ》達や桜子《さくらこ》達にも役職を与えて働いてもらっている。

もちろん、その下にさらに家臣・足軽がいるが長となる中間管理職が不足している。

その為、募集をかけている。

茨城城・水戸《みと》城・笠間《かさま》城・結城《ゆうき》城・佐倉城・鹿島城の城下に高札を立て募集する。

『家臣を募集する。

内政に自信のある者

腕に自信のある者

身分年齢出身性別を問わず募集する

三千石を与えるに値する人物を募集する

尚《なお》、試験これあり

大納言黒坂常陸守真琴《くろさかひたちのかみまこと》』

試験が行われなければ殺到するだけ。

それは容易に想像できる。

試験、そういうのに適しているのがうちの家臣には一人いる。

柳生宗矩だ。

常日頃からうちの足軽家臣を鍛え、適材適所に働き場を力丸と調整して割り振っている。

家臣募集についても一任した。

「宗矩、家臣登用の試験、任せるからうちに適した人物はどんどん登用して」

「はっ、黒坂家の家風に合う者でございますね」

「うちの家風？」

「御大将の下々の者も区別せず接する家風にございます」

「あ〜、うん、それは大切だから頼むよ。特に女子に優しく出来ない者などは城には入れたくないからね」

「はっ、わかっております」

うちの城は常時学校の生徒達が大勢働いている。

若い女子生徒達に不埒《ふらち》なことをする者など城に入れるわけにはいかない。

お初《はつ》や、お江《ごう》の手を汚させる事になるだけだから。

ごくたまに新採用された足軽などが乱暴狼藉《ろうぜき》を働こうとして消されている。

えてくれた。
猿飛佐助《さるとびさすけ》に聞くと、言い渋ったが裏柳生だけでなくお初、お江が手打ちにしていると教
時に梅子の鉈《なた》の餌食になっている者もいるとか……恐っ。
それについては責める事ではない。
そのような者はむしろ俺が自ら成敗したいくらいなのだから。
法度で厳しく取り締まっており、市中ではそのような行為に及んだ者は捕縛され前田慶
次が桜川の土手で磔《はりつけ》としている。
女子に乱暴狼藉する者は万死に値する。
俺が一番嫌いな犯罪だ。
宗矩はそれをよく承知している。

家臣募集の高札を出してすぐに、一人の見知った者が城に登城してきた。

「殿様、水くせえ、働き手がいないんなら声かけてくだせえよ」

そうやって来たのは近江《おうみ》から付いてきた鍛冶屋の頭領だった。

「頭領も家臣として働いてくれるの？」

「家臣なんてとんでもねえ、ただ、殿様の手足となって働きますぜ」

「ん～、働いてもらうからには対価を支払いたい。そして、これから鍛冶師達にはさらに
働いてもらうつもりがあるから、正式に家臣として雇うよ。頭領には鍛冶師取纏《とりまとめ》役《やく》奉行

を頼みたい。ずっと近江から一緒に来て働いてくれているのだから、そのくらいはあって当たり前だと思うから、八千石で正式に雇おう。国友村《くにとも》出身の茂光《しげみつ》だったよね？　国友を名字として与え帯刀を許可し、俺の直臣となってもらう良いね。家格は侍大将の家格とする」

「八千石……しかも、名字帯刀……ありがとうございます」

「ただ、仕事は忙しくなるから、人もそれなりに集めてね。その為の多めの所領だから。新しい『たたら』を作る予定もあるから陶芸師も集めて欲しいんだよ」

「陶器職人ですか？　わかりやした。新しき『窯』を作る為の職人が必要なんですね。わかりやした、心当たりを手配いたします」

「その者達も給金を与えて、俺の直臣になってもらうから、これからは大規模な鉄の生産に力を入れるつもりだから。今まで進めていた農業改革と併せて、製鉄の改革はこれから、うちの二大改革になるから」

「黒坂家のそんな大きな仕事、腕がなりますってもんだい」

鍛冶師頭領は腕をまくって力こぶを作って見せた。

俺はとある計画をしている。

その為《ため》に遠足で行った、ある物の写真をスマホから写し書きして製図を作っている。

これを作れば、産業革命を起こす国はイギリスではなくなる。

この日本が産業革命を起こすんだ。

一気に技術を進ませる。

そう心に決めている。


家臣を募集して一か月、試験を任せている柳生宗矩の元には多々の武将が訪れたらしい。

その者達と宗矩は道場で立ち合う試験をしていると耳にした。

立ち合いで得物を持たない宗矩に木刀で打ち込む者達は、体に当てる事すらできず、木刀を奪われ投げ飛ばされて、しおしおと帰っていったらしい。

流石《さすが》、柳生新陰流・無刀取りの極意を極めている宗矩だ。

ん？　そんな事してたら誰も採用出来ないのでは？　少々の不安がよぎったが、そんな中から、木刀を奪われずに互角の勝負をした者が現れた。

その者は今、茨城城の小広間で俺と対面してひれ伏している。

以前から探していた男は与えるとした石高の多さに慌てて訪ねてきたそうだ。

また、宗矩を通して命じた鹿島《かしま》氏の一族も大慌てで探したらしい。

かなり好条件で求人しているつもりだからね。

四十過ぎのおじさん、舘《たち》◯ろし感があるダンディーと言う言葉が似合う男。

「真壁氏幹《まかべうじもと》と申します。常陸国《ひたちのくに》の発展のために尽力しとうございます」

「真壁……氏幹、やっと会えたか鬼真壁。塚原卜伝《つかはらぼくでん》に直接手ほどきを受けた、あの真壁氏幹」

「塚原卜伝先生は我が師にございます。師の死後、棒術の腕を磨きましてございます」

「御大将、実力は本物にございます。雇われて損はなきかと思います」

真壁氏は実は俺の祖先の分家、同じ平氏、さらに鹿島神道流を学んでいる俺にはなじみ深い人物なのだ。

「常陸様も、鹿島神道流をお使いとか、塚原卜伝先生にお会いになったことがおありなのですか？」

一番聞かれてはいけないことを聞かれてしまう。

困った、どう返事をするべきなのだろう。

しかし、この者なら家臣にしたい。

どうしよう。

迷い悩んでいると宗矩が、

「御大将の素性を詮索するのは御法度、織田信長《おだのぶなが》公ですら出身を気にせず、義息子にしていると言うのに不届き者」

大きな声で一喝した。

あっ、そういう事にしているよね、宗矩。

「ははは、まあ、俺の素性詮索は禁止事項だから、それより常陸国の為《ため》に働いてくれるんだね？」

「はっ、申し訳ございません。ただ師は幾度も武者修行の旅や京に赴いているので、兄弟弟子が多く気になってしまったのをお許し下さい。そして、この身は常陸国にうずめる覚悟にございます。この地の発展のためならなんなりとお申し付け下さい」

史実時間線では、確かにこの真壁氏幹は佐竹《さたけ》家が秋田に転封になったときに、同行しないで1622年まで常陸国で余生を過ごし、下館《しもだて》の寺に埋葬されている。

この者も俺と一緒の常陸国愛国者なのだろう。

「宗矩が腕を認めるなら雇いたい。今、塚原卜伝の縁ある鹿島の地は、この柳生宗矩に任せてある。その地には学校を作ったがそこの道場の師範を命じる。足軽達生徒達を鍛える役目。当家は火砲術を重く用いているが剣術で基礎体力を付けることは重要だからね。剣術指南役として任命し三千石を与える、侍大将の家格として迎える」

「はっ、期待に応えられるよう励みます」

「宗矩、細かいことは頼んだよ」

真壁氏幹を当家の剣術指南役の一人として雇い、鹿島の学校に柳生新陰流とは別に鹿島神道流道場を作ることになる。

「その前に俺も手合わせをしたいけど」

「はっ、お望みとあれば」

城内の道場で、革巻き竹刀で一太刀手合わせをすると、俺の素早い斬り込みを棒術で防ぐばかりだった。

「遠慮せずにかかってこい」

一喝すると、

「なりません。御大将。それまで」

宗矩《むねのり》に止められてしまった。

「なぜだ？　宗矩？　俺はそんなに弱いか？」

「逆ですよ。強すぎます。それに得物が御大将の真の剣術には合わないかと。それに比べて、急ごしらえですが棒状の竹刀の真壁は本気を出せます」

「うっ」

俺の剣術は素早さの剣、抜刀術を得意とする。

「一流の真壁に一流だが不得手の得物で挑む御大将、申し訳ありませんが、真壁には打ち込みを遠慮するよう申し付けてあります。真壁氏幹、今の御大将の剣捌《さば》きどうであった？」

「はっ、遠慮なく申しますと、師、塚原卜伝先生を思い起こす剣術、大納言様が真剣で私の棒で試合をしたなら、棒は真っ二つ……大納言様、もしや秘剣・一之太刀も？」

「これ、真壁、その詮索が黒坂家では御法度。以後気をつけよ」

宗矩に叱責されると片膝を突いて頭を下げた。

「まぁ仕方ないか。宗矩、後の事は任せる」

「はっ」

「あっ、そうそう、最近近習に取り立てた最上義康《もがみよしやす》の師となってくれ。棒術を極めたいようだ」

「はっ、仰せのままに」

最上義康の師が出来て良かった。

革巻き竹刀、打ち込みの練習には良いが、抜刀術には不向き。

ん～手合わせ用に刃引きした刀用意しようかな？

……って、宗矩に一矢報いることが出来ないと当家で雇えないって高難度のような気がしてきたぞ？　大丈夫なのか？

次、来るのかな？

真壁氏幹が来てから2週間ほどすると、また一人の人物が宗矩によって連れてこられた。

茨城城小広間にひれ伏しているやはり40くらいの、鼻下にちょび髭《ひげ》が似合っている野◯萬斎さん？

会うにあたって名前を先に聞かされていて、え？　この人が宗矩に一矢報いることが出来たの？　意外すぎて頭の中は『?』が一杯、疑問に思ったが、どうやらそうではなかったようで、立ち合いをすると、つかみどころのない動きをして、木刀を奪われなかったらしい。

ん？　狂言の踊りの成果かなどと思ってしまうほど似ていた。

「面をあげよ、黒坂《くろさか》常陸だ」

「成田《なりた》長親《ながちか》でございます。常陸様にお仕えいたしたく、はせ参じましてござる」

「北条《ほうじょう》には付いていかなかったのか？」

北条家は関東の乱で戦いに敗れたものの、一応は大名として存続を許し、俺の日本国統治計画の一つとして樺太《からふと》を任せている。

「寒い所は好みませんので、出奔いたしたでござる」

「はははははははは、寒いところ嫌いか？　ははははははは、俺と一緒だ」

大笑いすると宗矩が、

「ごほん」

咳払《せきばら》いをして俺をいさめている。

うん、真面目君、宗矩。

「確か、のぼう様とか言われて領民に愛されていたよね？」

「でくのぼうとして笑いものになっていただけでございます。どうも農作業の邪魔をしていたようで」

頭を掻《か》きながら照れたように言う。

「農作業は好き？」

「はい、土と戯れ、実りが手にできた時の喜びはひとしおでござる」

「そうか、農作業が苦ではないなら雇おう。うちは農政改革に力を入れているのだけど、真田《さなだ》幸村《ゆきむら》任せでね、流石に一人だと我が領地広すぎて土浦近辺しかままならなくて、のぼうには幸村から当家で推奨している作物栽培を学びながら下総《しもうさ》・印旛《いんば》付近の開墾開拓を命じる。下総は森力丸《もりりきまる》に任せてあるからよくよく命に背くことないように」

「はっ、謹んでお受けいたします」

「取り敢《あ》えずは三千石で侍大将の家格からだけど、良いね？　成果が出れば臼井城城代、もしくは城主になってもらうから」

「はっ、期待に応えられるよう農民と共に畑仕事に専念いたします」

「邪魔だけはしないでね」

「ふぁはははははっ」

腹に力の入った大きな笑いをしていた。

忍城に負けず劣らずの湿地帯、印旛、きっと良い働きをしてくれるはず。

期待をして任せてみる。

宗矩、一応は剣術で人を見極めているんだね。良かった。ホッと一安心。

さらに柳生《やぎゅう》宗矩の厳しい家臣採用試験は続いている。

そんな中、宗矩に一矢報いた人物が現れた。

またまた、小広間でひれ伏している人物は20代後半のオリーブオイルが似合いそうな○

こみちさんのようにすらっと爽やかイケメン男子、背がやたらと高い人物だ。

アべちゃん似の藤堂高虎《とうどうたかとら》とどちらが高いだろうか？

欄間に頭をぶつけそう……。

かの有名な物干し竿《ざお》と呼ばれる刀は帯刀していない。

流石に城内では帯刀は、守り刀の小太刀までと制約されているからだ。

家老職の者は、俺の護衛もあるので許可はしている。

「面をあげよ、黒坂常陸だ」

最早《もはや》、偉ぶった上から目線挨拶にも慣れてきた。

「拙者、鐘捲自斎《かねまきじさい》が弟子、佐々木小次郎《ささきこじろう》と申します」

「キターーーーーーーーーーーーーーー！　剣豪、佐々木小次郎！」

「ごほん、御大将」

宗矩に白い目で見られてしまった。

戦国末期オールスター家臣を超して、江戸初期剣豪オールスター家臣ルートは鬼真壁から始まっていたのか？

いや、柳生宗矩から始まっていたのかもしれない。

次はだれが来るよ？　誰よ？　宮本武蔵《みやもとむさし》か？　と、少し興奮し鼻息が荒くなると、宗矩がまた咳ばらいをした。

生粋の真面目君家臣柳生宗矩。

「宗矩に一太刀、浴びせたらしいね」

「はっ、ですが致命傷になる場所をかわされ、当てた勢いの太刀の力を相殺されてしまいました。まだまだ未熟者にございます。しかも、柳生様は無刀、太刀を持っていたなら間違いなく私が負けていたでしょう」

しんなりとしている佐々木小次郎。

宗矩の無刀取りは相手の心を打ち砕くようだ。

「宗矩は特別だから、で、当家で働きたいのだね？」

「はっ、この腕を常陸《ひたち》様に買っていただきたく」

「うちは火砲術に重きを置いているけど、剣だって疎《おろそ》かにしているわけではないから、剣豪なら歓迎するけど、戦働きはほとんどないから期待してもらうと困るよ」

「心得ております」

「佐々木小次郎、長物の太刀が得意なんだよね？」

「三尺の備前長船長光《びぜんおさふねながみつ》を愛刀にしています」

「物干し竿などと呼ばれる刀だね」

「ははは、物干し竿とは酷《ひど》い名ではございますが、よく御存じで」

「一度見てみたい、庭で少し振るの見せてよ」

言うと支度がされ、庭で佐々木小次郎は三尺の備前長船長光を軽々と振り上げていた。

そこに春の風と共に渡ってきたばかりの燕《つばめ》がちょうど飛んでくると、素早く振り上げ燕の尾を二股に斬って見せた。

尾だけを二股にされた燕は元気に飛んで行った。

「巌流、燕返しでございます」

「なるほど、その大剣を軽々と扱う腕力、素晴らしい。佐々木小次郎、三千石を与え侍大将の家格とし、そうだな、鹿島には真壁《まかべ》を置いたし、幸村の高野城にある学校の道場で剣術指南役並びに前田慶次《まえだけいじ》付きとしこの土浦一帯の治安維持を任せる。不届き者はその剣で斬り捨てよ」

「はっ、ありがたき幸せ。期待に応えられるよう働かせていただきます」

「よろしく頼んだよ」

遊び人前田慶次配下に女好きと物語に書かれる佐々木小次郎の組み合わせ、ん～どうなるやら。

さて、次は誰が来るのだろう。

てか、柳生宗矩の試験って、あの人気ライトノベル、白いマツゲワッサワッサのやたらと可愛《かわい》い、自分の体液茶を出す魔女並みに難しい試練な気もしてきたが。

この段階で宗矩が立ち合ったのは３００人は超していたらしい。

うちの試験超難関？

力丸が、宗矩にもう少し手を抜いたら？　と言うと、

「御大将の直臣になる者に半端な者は雇えません」

力丸が逆に怒られたと愚痴っていた。

家臣募集は引き続いた。

実は宮本武蔵が来るのでは？　と期待していたが、それは叶《かな》わないのを目の前に座る男のおかげで知った。

柳生宗矩の試験を突破して小広間に通されたのは、新免無二《しんめんむに》なる人物だ。

十手術が得意な銭形平次《ぜにがたへいじ》？……村上○明似のナイスガイ、30代前半の年頃だろう。

この者の名前は好きな者しか知らないだろうが、実はあの二天一流、二刀流の剣豪でおなじみの宮本武蔵の父親だ。

宗矩の試験に小太刀の木刀でなかなかの勝負をしたらしい。

かしこまった挨拶を受けた後、聞いてみた。

「子供は何歳ですか？」

「5歳にございますが、よく私に子供がいると思われましたな」

「ははは、陰陽の力で見えましたから」

ごまかしておく。

「新免殿、当家で働く覚悟を決めるなら御大将の不思議な力や言動には一切触れない事、これは家臣一同守っていること、そして法度となっております」

宗矩が説明する。

「御無礼いたしました。噂《うわさ》は少々耳にはしていたのですが、陰陽道の使い手には初めて会うものでして申し訳なく」

頭を下げて謝っている。

「そこまで気にしないで良いのだけど、それより十手術が得意なんだよね？」

「はい、相手を殺さず制する術にございます。足利義昭《あしかがよしあき》公より日下無双兵法術者の号を承っております」

「十手術、良いねぇー。慶次の配下に伝授させて城下、領国の取り締まりに役立てたい。三千石、侍大将の家格で罪人捕縛役に手解《てほど》きする十手術指南役の役目を申し付ける」

「しかと承知いたしましてございます」

「それと、息子さんが成長したら城に出仕させるように」

「無論のこと。この新免無二、一族郎党、黒坂家に骨を埋《うず》める覚悟で登城しております」

「それは心強い、末永く頼んだよ」

新免無二を雇うことは、将来、宮本武蔵が家臣になるのと同意義らしい。

成長が楽しみだ。

この後、新家臣はなかなか現れなくなる。

厳しい狭き門の試験は噂が広まった。

そしてひと悶着《もんちゃく》もあったらしく、その噂が広まってしまった。

その為《ため》、試験に来る者がいなくなってしまったそうだ。


史実歴史時間線では、江戸幕府剣術指南役は、柳生新陰流《しんかげりゅう》の柳生宗矩《むねのり》ともう一人、小野《おの》派一刀流の小野忠明《ただあき》がいる。

その小野忠明も当家の家臣登用に応募してきたのだが、試験を一任している宗矩とひと悶着起きたそうだ。

無刀取りで相手の太刀筋を見ながら人となりを見極めるのが、宗矩の試験だったのだが、剣に自信満々の小野忠明が、無刀の宗矩に、

「舐《な》めているのか！」

激怒したらしく、宗矩は仕方なく木刀を手にした。

そして、木刀対木刀の試合一手目で素早く小野忠明の喉元すれすれに木刀を鋭く立てた宗矩で、その瞬間勝敗は決したのだが、納得がいかない小野忠明は真剣で斬りかかってきたらしく、それを宗矩は得意の無刀取りで刀を奪って、忠明を投げ飛ばしたらしい。

宗矩も瞬時の事で、手加減が出来なかったらしく勢いよく投げ飛ばしてしまい、忠明は骨折をした。

しかも、両手を。

忠明は史実歴史時間線では、稽古の立ち合いを申し込んできた大藩の家臣の両腕を再起

不能になるまで叩《たた》き潰し、それが将軍徳川秀忠《とくがわひでただ》の耳に入ると秀忠は、

「指南役として何たること」

大変怒り、蟄居《ちっきょ》閉門を申し付けられ、そのまま晩年を過ごし死亡している。

宗矩が試験をせずとも、小野忠明の名は知っていて性格に難ありなのは知っているので、その名を聞いた段階で当家の家臣に雇うことはしないのだが、試験を一任していたのだから仕方がない。

取り敢《あ》えず、治療費を渡して解放したそうなのだが、それが良くなかった。

◇◆◇◆◇

「試験は寄ってたかって袋叩《ふくろだた》きにあって、それに耐えられた者が採用されるんだ」

「お侍様それは本当ですか？」

「あぁ、本当だとも、この腕を見て見ろ。ようやく治ってきたが、多勢のところに柳生宗矩が打ち込んできてへし折られた。黒坂《くろさか》ってのは汚い手でのし上がった。雇われようなどと思うなよ」

「ご忠告感謝いたします」

などと、飲み屋で吹聴《ふいちょう》、そんなことは巷《ちまた》の噂話を情報収集している前田慶次の耳にすぐ

に入った。

「城下でその様なことが吹聴され、黒坂家の為になりません。それに何やら高山右近《たかやまうこん》と共に当地に入った宣教師ルイス・フロイスと昵懇《じっこん》の南蛮商人ミッドリー・ユ・リコなる者と近づいております」

「ん？　その南蛮商人がどうした？」

「はっ、法度で禁止している奴隷商を裏でいたしているようで捕まえようかと探っていたのですが、その者の用心棒に雇われたようで」

「……奴隷貿易か」

「今、探っているところなのですが、ルイス・フロイスも一枚嚙《か》んでいるとも」

「ルイス・フロイスまでもがか？」

「なかなか確たる証拠がつかめませんが。それより一刀流門下を城下に集められると後が面倒、御決断を。御大将は首を縦に振ってくれさえすればよろしい」

慶次が、そう言ってきた意味は捕縛なのだろうと勝手に思い込み首を縦に振った。

証拠証拠と探しているうちに被害者、異国に送られる者が出てしまっては、意味がない。

疑わしきは罰せず。などという言葉があるが、火のない所に煙は立たぬとも言う。

少々強引だが慶次の調べなら間違いないだろう。

《茶々《ちゃちゃ》とお江《ごう》》

「お江、慶次には申し付けましたが、小野忠明なる者の最期を見届けてきなさい」

「うん、わかったよって、私が殺しても良いよね？」

「相手は手負いとはいえ一流派の剣術使い、万が一を考え、猿飛《さるとび》佐助《さすけ》と霧隠《きりがくれ》才蔵《さいぞう》に任せるが良いでしょう」

「ん～私の方が静かに首、斬れるよ？」

「良いから任せて、お江は見届けて来なさい」

「は～い、わかったよ」

「っとに、慶次も気が利かぬ。そのような裏のことは純粋な真琴《まこと》様の耳に入れず私に相談すればいいものを」

「ん～私に言ってくれればすぐ始末しちゃうよ」

「だから、お江はそれは少し控えなさい。お初《はつ》と何人始末したのですか？」

「え～まだ指で数えられるくらいだよ～」

「佐助がその都度、大殿様の耳に入れますか？　と聞いてきますが、全てもみ消しているのですからね」

「だってマコのためだもん。忍び込んで毒入れようとかしている忍び多いんだもん」

「それはわかっていますが、自らではなく才蔵か佐助にでもやらせなさい」

「は～い」

◇◆◇◆◇

「くそっ、なにが三千石で召し抱えるだ！　あんな柳生《やぎゅう》など戦場で会えば我が剣の錆《さび》にしてくれると言うのに。ちっ、この手が完全に治ったら夜な夜な黒坂の家の者を斬ってやる。おっ、そうだ、女子ばかりを集めているとも聞く、そこを襲って南蛮に売り飛ばせば。俺の弟子達《たち》を集めて、ここで一暴れしてやる」

「へ～、そんなこと考えてるんだ」

「なんだ？　小娘」

「小娘じゃないもん！」

「お江の方様、ここはお任せを」

「佐助ちゃん、斬らないで気絶させて捕まえて」

「はっ」

「舐められたものだ。右手はもう剣は持てるぞ。貴様ら皆、斬ってくれっ……」

ドサッ

「才蔵ちゃん、ありがと」

「お江の方様、茶々の方様と前田様から命じられた我が真田《さなだ》の殿からは、始末して埋めよとの命ですが」

「ん〜、そのまま水に沈めて、死体をみんな見れるようにわざとやって」

「え？　よろしいので？」

「うん、黒坂家をおとしめようとする者がどうなるか、わざと見せて良いよ。マコに知れたら私が命じたって言って良いから。マコだと優しいから、多分生かすだろうけど、それじゃ〜見せしめにならないからね。それに南蛮商人への警告」

「はっ、でしたらこのまま、霞《かすみ》ヶ浦《うら》に沈めます」


俺に聞いてきたのは暗殺の指示だった事をあとから知った。

慶次《けいじ》と幸村《ゆきむら》と宗矩と政道《まさみち》の配下の忍びが夜中こっそりと霞ケ浦に沈めた。

何気に家臣の家臣には忍びが多い。

慶次と幸村に忍びの家臣がいるのは知っていたし、宗矩には当然のごとく裏柳生の忍びがいる。

そして、政道にも黒脛巾《くろはばき》組と言う忍びの家臣がいる。

家老職の家臣は忍びだらけだ。

その者達の選《よ》りすぐりが行えば暗殺など容易《たやす》い。

知られざる当家の裏の実力。

やってしまった。

意味もわからず返事をするのではなかった、と、後悔するが、茶々が、

「当然のこと、天下の副将軍のありもしない悪口を吹聴する者は死をもって償うのは当然のこと」

今までにない怒った様子で言っていた。

「茶々、だったらちゃんと処刑とかで処罰するべきだよ。暗殺だと巷の噂《うわさ》が」

「良いのです。忍びの実力をも見せる機会」

「え？　もしかして、茶々の指示？」

「真琴様は知らなくても良いこと。時には非道にならねば、落ち着いたばかりの戦国の世が再び戻ってきてしまうかもしれません。殺す時は殺す」

茶々は物静かだが、実は恐《こわ》い。

肝っ玉が据わっていると言った方が良いかもしれないが……。

時には鬼にならねばならないこともあるのだろう。

兎《と》に角《かく》、小野派一刀流の系譜はなくなった。

そして、この事件の後、パタリと家臣になりたいと言ってくる者はいなくなってしまった。

もう少し家臣、欲しいのだけれど仕方がない。

このメンバーで、しばらくはやっていくしかないようだ。

南蛮商人の黒い噂も静かになったと、慶次からは報告を受けたが、調べは続けるようにと命じておいた。

奴隷貿易など、どこの国だろうといつの時代だろうと許されないこと。

人間はどんな容姿であれ、皆、平等に幸せになる権利を持つのだから。

奴隷として虐げられた生活など絶対許されない。

大航海時代に乗り出してしまった日本は、その見本を示さねば。

そんなことを霞ヶ浦の水面を眺めながら考えていた。


奴隷貿易の事を耳にして少し気がかりだった桜川沿いに作られた遊郭街をお忍びで久々に巡察に出向いてみた。

勿論《もちろん》、護衛は隠れて付いてくる。

お江をだまくらかすのがちょっと大変だったが。

遊郭街にお江連れでは来られないよ。

食事飲み屋処《どころ》の店の並びはさらに繁盛している様子、街の奥が遊郭。

相変わらず繁盛しているが？　ん？　女子が普通に歩いてる？　あれ足抜けとかの心配は？

え？　赤門なくなった？　慶次が取り仕切っている市中見回り組は所々にいるな。治安は良いのか？

「だ～か～ら、なんで御大将が直々にここに来るかな」

頭をボリボリと掻《か》いて面倒臭そうに言う前田《まえだ》慶次が後ろから声をかけてきた。

「いや、だってほら」

「立ち話もなんですから、こちらの店に」

そう言うと前回も連れてこられた、飲み屋街でも少し格上の店の二階に案内された。

出された酒に少し口を付ける。

「女子の売り買いは続いているんだね？」

「えぇ、ですが、あの者達は自らが望んで遊郭に入った者。売られてきた娘とは違います」

「自ら？」

「稼ぎが良いですからね。それに人と交わることが好きな者もおります。そのような商売を好む者だっています」

「慶次がちゃんと管理しているんだね？」

「えぇ、息子の正虎《まさとら》と佐々木《ささき》小次郎《こじろう》が毎日のように見回りをしておりますよ。新しく入った娘達は一度面通しをして確認もしています。無理矢理連れてこられたわけじゃないこと。親などに売られたわけでないことは確認済み。もしいたときには、学校に入れてます」

「……そっか、なら良いんだよ。息抜きの場を提供してくれるのも大切な仕事。性欲が抑えきれぬ者が納得の上で金を出して吐き出させてもらう場所。それは必要だと思うからね」

「御大将、ここだけの話、御大将の世界ではその様な場は？」

「あるよ。俺も行きたいって思ってたね〜お風呂でヌルヌルエッチをする場所。行けなかったけど」

「ぬるぬるえっち？　ぬるぬるした物を使うのですか？　摺《す》り下ろした山芋、とろろなどで？　痒《かゆ》くなりそう」

「ん〜とろろは使わないけどローションの代用品？……今ならメカブでも使えばって、それは忘れて。兎に角、無理矢理売られた娘などはいないことを引き続き厳しく取り締まって。人身売買、奴隷貿易の罪は磔《はりつけ》。これは徹底して」

「はっ。ただ、常陸《ひたち》の国は大きく発展しており、ここだけでは厳しくなってきております。水戸《みと》など多くの人足を雇っております。男共が多く集まっています。他にも店を出すべきかと」

「……ん〜なら水戸に作るか。ただし」

言葉を続けようとすると慶次はすぐに返事をした。

「はっ、わかっております。幸い信頼できる店の者がおります。その者に任せてみようかと」

「なら、水戸を任せている山内一豊《やまうちかずとよ》と入念にすりあわせして頼むよ。くれぐれも争いなきこと。良いね？」

「はっ、わかっておりますって。家臣も家族同様の黒坂《くろさか》家、一豊は俺にとっては弟ですよ。あはははははっ」

この後、不思議にも平成でも風俗街として賑《にぎ》わう水戸市の泉町から大工町の間に同じように華やかな街が誕生していく。

そういう所は平成に似ていくのね。

不思議だ。

大酒飲みの山内一豊と前田慶次が馬が合うのか問題なく事は進んだ。

◇◆◇◆◇

お江《ごう》は16歳となり正式に側室となった。

今まではただ抱かないだけで、輿入《こしい》れの儀は済ませてある。

お江と初めて寝所を共にする。

「マコと布団を一緒にするのって、出会ったとき以来のような気がする」

「ははは、あの時は足、舐《な》めたっけ、少し塩味だった」

「もう、思い出さなくて良いよ、舐め舐めお化け、ふふふっ」

「今夜からは、舐め舐めお化けは進化するぞ」

「え？」

戸惑うお江の口を吸って、……全身を舐めた。

「マッコ～～～、そんなとこ、舐めちゃダメ～～～～～～えっ、そこに？　え？　入れるの？　え？　痛い～痛いよマコ～」

翌朝の朝食の場で、

「姉上様達も皆、マコにあんなに舐めまわされるの？」

朝食でお江が言うと皆が赤面しながら、みそ汁やご飯を口から吹き出し咳《せ》き込んでいた。

茶々《ちゃちゃ》が、

「その様なことは言うものではありません」

お初《はつ》が、

「そうよ、お江、口に出さないの。恥ずかしい」

桜子《さくらこ》が、

「御主人様は胸をよく吸い舐めます」

梅子《うめこ》が、

「あれ、私よく腋《わき》を舐められますよ、しかも、顔をうずめて匂いを嗅いでいるのです」

桃子《ももこ》が、

「私はこの胸の谷間の匂いを……って御主人様、顔真っ赤、皆さまそれ以上言うと、御主人様が沸騰しそうなのでやめましょうです。顔が信じられないくらい真っ赤になっていますからですですです」

恥ずかしい。

夜の営みを暴露するのはやめて欲しい。

いくら、家臣がいない場だからって皆が俺の行動を言うのはこっぱずかしくて仕方がない。

「やっぱり舐め舐めお化けなんだね、マコ～」

「ゲホゲホゲホゲホゲホゲホ、もう、その話題はやめて、お江」

「は～い、夜の舐めお化け」

舐め舐めお化け呼ばわり復活してしまった。

他で言わないでくれよ。

俺の威厳に関わるから。

第三章　領内巡察

家臣登用が一段落したころには桜の花が咲き始めていた。

俺は毎日、茶々の大きくなるお腹《なか》をさすっては執務、さすっては執務とこなしていたが、茶々に、

「領内巡察に行かなくて良いのですか？　鹿島・水戸・笠間《かさま》・五浦《いづら》に城を築いているのでしょ？　任せたままになっていますよ。男子の生徒は各地に分けましたが、女子はこの城の学校で皆預かっていて多くなりすぎていますよ。少し領内の城に分けないと、この城が女子だらけになってしまいます」

注意されてしまった。

女子は不埒《ふらち》な者から守る事も考え、茨城城内学校に集中している。

人数は膨らみ５００人以上の若い女子生徒。

とても良い匂いがする城になりだしている。

女子校ってきっとこんな匂いなのだろうなぁ。

そんな本音を言えばお初に蹴られるだろうな。

匂い好きの性癖はみんな知っているからバレていそうだけれど。

「隣国からも貧しい家の子を慶次《けいじ》が学校に受け入れているからね。口減らしに異国に売ら

れる事がないよう、いろいろ手を回してくれているみたいだし」

「それはとても良いことだとは思いますよ。

　生徒が作る物も売れるくらいになってきているので、お金も余裕はありますが、全ての女子を茨城城で預かるにはいささか増えすぎております。せめて、幸村《ゆきむら》の城あたりに預け、農作業をさせてはいかがでしょうか？　例えば、あおいなどは城より外の方が良いと思うのです」

「なるほど、そう言う子もいるよね。幸村の支配地ならここから近いから目も届くし、あの城、迷路のように複雑だし、無駄に大きいし、住み込みも大丈夫かな」

　茶々と学校のこれからを考え話し合っているとお初も入ってきて、

「武芸に秀でた子達《たち》を集めて、女だけの守備隊も作りたいのよね〜真琴《まこと》様駄目かしら？」

「え？　いや、駄目ではないけど、本人達はそれを望んでいるの？」

「ほら、親が武士だった子なんかが」

「あ〜なるほど、そう言う子もいるか、うん、お初に任せるよ。農作業を希望する子は、高野城の幸村の所に割り振って、武芸に秀でた子はお初配下にして良いよ」

　女であろうと武芸に秀でているなら、兵士として雇いたい。

　完全な男女平等を目指している。

「任せておいて。それより、姉上様が言うように領内、見て来なさいよ。本当は行きたくてうずうずしているんでしょ？」

「あっ、やっぱりわかるか？　でも城を離れても大丈夫？」

茶々のお腹をさすりながら言うと、

「真琴様はお腹の子の父親であると同時にこの国の領主なのです。疎《おろそ》かにしてはいけません。なに、皆が支えてくれていますから大事無いですよ」

「そ、そうか、正直見回りには行きたかった。特に笠間と五浦の城が気になる」

「行ってきてください。領内なら何かあっても一昼夜馬を走らせれば連絡ぐらいなら出来ます」

「そうか、そうだな。少しだけ城を離れさせてもらう」

茶々とお初の勧めで領内巡察が決まり段取りをする。

森力丸《もりりきまる》は留守を任せるのに茨城城に残し、柳生宗矩《やぎゅうむねのり》・伊達政道《だてまさみち》・最上義康《もがみよしやす》・真壁氏幹《まかべうじもと》、そして火縄銃改の南蛮型鉄甲船艦隊3隻に600の鉄砲隊が同行となることに決まった。

領内でも、少し前に関東の乱で常陸国を火の海にしたのは、この俺が提案した戦術。織田信長《おだのぶなが》軍師としてまだ恨みを持つ者などがいるだろうと言うことで仕方がない。

茨城城の周りなら、近江《おうみ》から付いてきた領民も多く、前田《まえだ》慶次の土浦城、真田《さなだ》幸村の高野城、柳生宗矩の鹿島城があるため、霞ヶ浦《かすみがうら》付近は完全に支配下で安全なのだが、他はどうもそうではないらしい。

しかし、600もの火縄銃改の鉄砲隊がいれば問題はないだろう。

準備が一週間ほどで出来ると、俺は陸路で鹿島城に向かった。

鹿島城城主は俺の重臣・柳生宗矩、何も心配することはないはず。

吊《つ》り天井などと暗殺の心配はない。

鹿島に行くと城よりまず鹿島神宮に参拝をした。

入国して二度、鹿島神宮に参拝しているが、その時には荒廃しきっていた神宮も鹿島城と同時に改築・修繕が少しずつだが始まっていた。

鹿島神宮では、左甚五郎《ひだりじんごろう》と狩野永徳《かのうえいとく》が茨城城が一段落したのでこちらで働いている。

今回は俺は、俺の趣味の萌《もえ》美少女は指示していない。

指示していないが、門や神殿の飾りをよくよく見ると、神獣の中に美少女化した麒麟《きりん》・朱雀《すざく》・白虎・青龍・獅子《しし》や十二支が隠れている。

本当に俺は指示を出していないのだが、挨拶に来た左甚五郎と狩野永徳は『やってやりました！』と、言わんばかりに胸を張っていた。

鹿島神宮・武甕槌大神《たけみかづちのおおかみ》、申し訳ない。

ごめんなさい。

しかし、よくよく見ないとわからないのはこの二人の遊び心なのだろうか？

露骨な物だったら、どこかの城に移築して作り直しを命じたのだが、これはそのままで良いだろう。

ただ、一つだけ指示を出した。

「要石にだけは触れるな」

と、後はこの二人に任せておけば荘厳な神宮が完成するだろう。

改築されている鹿島城は海に直結する海城として大きく縄張りを変更している。

うちには3隻・南蛮型鉄甲船があるが、その基地となる港がここだからだ。

ゆくゆくは異国との貿易港としても使えればよいのだが。

城そのものは質実剛健、宗矩らしいと言えば宗矩らしく飾りっ気のない城で天守と言うほどの建物もなければ、櫓《やぐら》も柱だけの物見櫓がある程度だった。

『常陸国黒坂《ひたちのくにくろさか》家立鹿島男子学校』の修練の場となる広い庭と、広い道場が印象的な城になっている。

「宗矩、もう少しお金かけて良いから、金は力丸に出させるよう言うから守りを固めて、それと海の見張りとなる天守はやはり必要だから、通常は最上階で灯《あか》りを灯《とも》して灯台の役目を持たせれば、決して無駄な建物ではないから」

「はっ、すぐに取り掛かります。茨城城や他の城で多大に金子を使ったかと思い必要最低限の城にしたのですが」

「知っての通りうちには金はあるから、こんな大事なとこを宗矩だから任せられるんだからね。もっと堅牢《けんろう》な城にしてよいから、宗矩だからこそ頼めるんだから」

「はっ、もったいなきお言葉、期待に応えられる城を築きます」

どうも、城も細かな指示を出さないと城主や城代の考えの城になってしまうようだ。

高野城は迷路になりかけたし。

俺の茨城繁栄の要となる城なのだから、そこそこ見た目も良い城にして欲しい。

水戸《みと》城・笠間城・五浦城も心配になってきたぞ。

この日は鹿島城に一泊したのち、次の日、南蛮型鉄甲船艦隊で北上した。

鹿島城から出港して大洗の海岸に接岸した。

大洗磯前《いそさき》神社・酒列《さかつら》磯前神社の両神社を参拝する。

まだ手付かずだが、両神社には二千石の寺社領寄進と社殿等の寄進を約束した。

鹿島神宮の改築が終われば、こちらも左甚五郎に頼もう。

大洗磯前神社には、平成時代のような白い大鳥居も作りたいが、それは後々かな。

「あっ、そうそう、ここの岩場は神域と定め神職、祭祀《さいし》以外での岩礁へ登ることを禁止する法度を出す」

「はっ、すぐにその様に手配いたします」

この付近を交代で任されている奉行がすぐに高札の準備を始めた。

大洗磯前神社の海岸線には岩場がある。

大黒様として知られる『大己貴命《おおなむちのみこと》』『少彦名命《すくなひこなのみこと》』が降り立ったとされる、聖地『神磯《かみいそ》の鳥居』で有名になる地。

パワースポットとして有名になっていたが、岩礁でゴツゴツしており、また海藻でよく滑る。

その為《ため》、転落事故が多かった。

入らないよう促され規制されていたが、神域と言う感覚がないのか、多くの観光客が登ってしまう。

救出に救急隊が呼ばれることは珍しくなく、年間数名溺れ死んだ。

今から法度で厳しく取り締まっておけば、事故もないだろう。

神域、むやみに人が踏み入ってはいけない。

映える写真を撮りたいが為、神域を汚したり、年月が作り上げた自然に足を踏み入れ、苔《こけ》を台無しにしたり、ゴミを捨てたり、御神木に彫刻刀で名を刻んだり……罰当たりは滅びて欲しい。

神域を守る事をその岩礁に手を合わせて誓った。

『大納言黒坂常陸守《ひたちのかみ》様の命により、神域への立ち入りを堅く禁ずる
破りし者、五十叩《たた》きの刑とする
大洗町奉行』

参拝が終わると丁度良いタイミングで、山内一豊《やまうちかずとよ》が迎えに出向いて来た。

「御大将、馬を用意してあります」

「ありがとう、助かるよ」

大洗から水戸までは街道が整備され、早足の馬で一時間もしないで到着。

水戸城改築と街道整備と那珂川《なかがわ》の土手作り、これが山内一豊に与えた仕事。

水戸城も改築中で、どことなく平成史実歴史線で見た、掛川城に似ている小ぶりの天守が建築中だった。

北は那珂川、南は千波湖のある桜川湿地帯を外堀とした城。

城そのものは高台にあり、それより西の高い台地が街として整備され始めていた。

まさに平成史実歴史線のような水戸の街だ。

那珂川がすぐそばでも、氾濫しても街は沈まない縄張り、佐竹《さたけ》が残した城の縄張りをさらに発展させている。

「一豊、なかなかの街と城を作ってくれているね、これなら常陸国を南と北と西と東を結ぶ拠点には申し分ない」

「はっ、ありがたきお言葉、千代《ちよ》が走り回って土地の高低差を調べて作りましたので。さあ、今夜はこちらでお泊まりを」

城の御殿に案内されるが宗矩がしばらく待てと大手門を潜《くぐ》ってから言う。

俺は玄関の階段に腰をかけて足を洗ってもらってしばらく待った。

30分ほどすると、

「大丈夫です」

山内一豊は当家では新参者、何があるかわからないということなのだろうが、疑われた一豊は不機嫌な様子。

「それがし、我が一生の大将にと黒坂家を思っております。弓引くなど絶対ございません」

上川《かみかわ》さん似の目力の強い顔で言われると、説得力が強いが、

「あなた様、黒坂家では我らは藤堂高虎《とうどうたかとら》様と同じく新参者、当然のこと。むしろ全てを開け放ち見てもらうことこそが肝要」

千代が言っていた。

「すまないな、信用はしていないわけではないが、念のためだ」

宗矩が言うと、千代は、

「柳生様、少々お時間よろしいでしょうか？」

ん？　それは一豊に言って欲しかった台詞《せりふ》だな。

「与祢《よね》を茨城城下に置いているのは人質のつもりでもあります。裏切るはずなどありましょうか？　私達の命を救っていただいた常陸様に娘を託したいと思っているほどなのに」

千代は強い。

ズバッと核心を言う。

そうなんだよね、与祢ほとんど茨城城にいるし。

「人質かぁ、そういうのあまりしたくないんだよね。家族は一緒の家で過ごして欲しいいん

だよ。与祢はちょこちょこ城で顔を見るけど、人質として置いているつもりなら水戸城に引き取ってもらえないかな？」

前田利家《としいえ》が娘千世《ちよ》と山内一豊の娘の与祢は時たま城で見かけて桜子《さくらこ》達《たち》にお菓子を貰《もら》っている。

餌付けしているわけではないんだからね。

本当にロリコンではないし。

お江《ごう》に連れられて学校にもたまに出入りしており、生徒に交ざって勉学をしているときもあるくらいだ。

娘を俺の側室に差し出したいと言う野望は理解しているが。

「与祢は楽しんでおります。私も時折茨城城下の屋敷には出向いておりますので、ご案じいたさぬよう願い奉ります」

「奉られても困るけど」

「以前申したとおり御大将さえ望んでくれれば与祢は側室に貰っていただきたく」

「……与祢が16歳になったとき、自らが望んだら考える。娘を女を物のように扱うのは嫌いだ」

「山内殿、これ以上無理強いは御大将が不快になります。御自重ください。疑ったこと謝罪いたす」

宗矩が止めに入ると、それ以上の言葉は続かなかった。

特に仕掛けなどもなく、護衛の兵も怪しいくらいにはいないらしく、水戸城にようやく入城した。

夕飯には海の新鮮な幸、刺身を期待していたのだが、全て火が通っていたのは山内一豊らしいと言えばらしいのだろう。

土佐《とさ》一国を治めるようになった際、領民の間で食中毒が流行《はや》った。

すると一豊は『かつをの刺身』を禁止する。

かつををどうしても生で食べたい領民は工夫して『かつをのたたき』が生まれる。

そんな逸話を持っている男。

意外かもしれないが常陸（茨城）も夏になればよく、かつをは大量に水揚げされるから、『かつをのたたき』土佐名物ではなく常陸名物になるかもしれないな。

ニヤリと俺しかわからないネタで笑っていると、宗矩《むねのり》は何かを察したのか咳払《せきばら》いをしていた。

うん、わかっているから、口に出さないから。

しかし、山内一豊、お酒結構飲むな……。

慶次《けいじ》と合わさったらとことん飲みそう。

あまり二人を会わせないように注意しないと……うっ、遊郭街の件で二人が……。

まぁ～仕方ないか。

二人には以前忠告はしておいたし、それでも飲みたいなら飲めば良いさ。

水戸城はこのまま一豊夫妻に任せて大丈夫のようだ。

引き続き東西南北をつなぐ街道の整備を命じるくらいで、次の日には笠間《かさま》城に向かう。

おそらく今回の巡察で一番の問題は高山右近《たかやまうこん》だろう。

水戸城からは街道が整備され、馬で山道をゆっくりと二時間で到着する。

このあたり、平成だと大型ショッピングセンターイ●ンあるんだよなぁ～良く行ったなぁ～、などと広がる田畑を眺めながら馬を進めた。

笠間に入ると、もちろん、笠間稲荷《いなり》神社に参拝するのだが、荒廃が酷《ひど》い。

高山右近、やはり神社には手を付けなかった様子。

宮司に二千石の寺社領寄進と整備をする覚え書きを渡した。

伊達政道《だてまさみち》に協力して整備するよう差配を命じる。

高山右近、キリシタンなのはわかるが任せた寺社町くらいの整備はしてもらわなければ困る。

笠間稲荷神社から南西にある、佐白山が笠間城だ。

笠間城の歴史は意外に古く、一説によれば『常陸国風土記』に出てくる黒坂《くろさかの》尊《みこと》が賊をイバラで作った城で討ち滅ぼしたとされるのが、この地とも言われている。

それが『茨城』の地名の由来になる。

戦国時代初期の事件で、坊主殺しのだまし討ちの城などでも有名。

そして、心霊スポットとして茨城県で一番有名。

その霊の恐ろしさは数々のサイトでS級とされている。

陰陽の力を持つ俺が育った家では、夜の佐白山への入山は禁忌とされていたが。

もう、いっそのこと、夜は心霊スポットとして観光地化してしまえば良いのにと、思うほどだ。

旧道を散策道路に整備して、警備員を配置、入場料とって天然アトラクションに……そんな事言うと怒られるかな？　でも、神奈川県のタクシー会社は心霊スポットの噂《うわさ》を逆手にとって夏場、ツアーを催していた。

そのくらいの遊び心は欲しいかな。

なんでも禁止禁止にしないで、期間限定とかで管理して入場させる、そんな遊びも時として必要かな。

勝手に思っている事なので気にしないでください。

茨城県知事様、笠間市市長様、茨城県の観光協会の皆様、ごめんなさい。

心霊スポット巡りは様々な危険、地域の方々の迷惑となることがあるので、みんな自重してね。

などと、一人ボケツッコミをする。

笠間城、常陸国《ひたちのくに》を下野《しもつけ》から守る重要な拠点。

城の大手門では高山右近が出迎えた。

城としての整備は順調に進んでいる様子。

「出迎え御苦労、城の改築は順調だな」

「はい、滞りなく。三の丸の南蛮寺も、もうすぐ完成します」

案内を受けると三階櫓《やぐら》、小天守と言ってよいだろう立派な建物が建てられていた。

屋根には十字架が載っている。

「城内に南蛮寺は許可したが、これほどの物を作るとは」

少し呆《あき》れた感じで言うと、高山右近は、

「東国布教の拠点にする所存です」

胸を張って言った。

「信仰の自由は認めるが、命じた事はやってもらわねば困る。笠間稲荷神社の荒廃が酷すぎる」

「しかしながら、他の神の建物に私が加わるわけにはいきません。アーメン」

胸元で十字を切って祈りだしてしまった。

「気持ちはわかるから笠間稲荷神社は、伊達政道に任せる。くれぐれも争いなきこと、それと念を押すが改宗の強制は絶対にしてはだめだからね」

「わかっております。さぁ、今宵《こよい》は、牛の味噌《みそ》漬けを食べていってください」

誘惑に負けて、これ以上言うのはやめた。

高山右近が作る牛肉の味噌漬けを焼いたものは絶品、食欲に負けてしまう自分が情けない。

それに高山右近は織田信長《おだのぶなが》が遣わした与力。俺の直臣ではないため、そこまで強くは言えない。

もうしばらく静観しよう。

この日は、笠間城に泊まったのだが、柳生《やぎゅう》宗矩がやたら猿飛佐助《さるとびさすけ》と霧隠《きりがくれ》才蔵《さいぞう》を使って警戒していた。

邪悪な気の察知をするため式神を飛ばすが、不思議な力で邪魔をされた。

南蛮寺パワーか？　南蛮寺と高山右近は要注意のようだ。

問題が起きなければ良いのだが。

先日雇った誰かを監視役として与力とするか？　そんな事を計画しながら、次の日、日があけると同時に出立して、再び大洗で南蛮型鉄甲船艦隊に乗船した。

宗矩が長居は遠慮してくれと言うので。

うちの領地で安心して寝られる場所はまだまだ少ないようだ。

大洗から少し北上して久慈川河口近くで下船、大甕《おおみか》神社、泉神社、神峰《かみね》神社を参拝。

あの久慈川の殲滅《せんめつ》戦を行った地。

遺体は綺麗《きれい》に埋葬され、戦いのあと、しばらく常陸を預かっていた徳川家康《とくがわいえやす》の命で村松山虚空尊堂が鎮魂の寺として整備されており、そこにも参拝した。

それぞれに寺社領千石の寄進を約束した。

「御大将、どこに行こうと言うのですか？　ここら辺はまだ代官も置いたばかり、自重していただきたいのですが。あの戦いの残党もいないとは限らなく」

宗矩に止められるが、

「どうしても神峰の山、高鈴山に登りたいんだよ」

「御大将、そのようなときには先に命じてください。護衛の兵を配置いたしますので」

「ごめん。ただ、よく知っている山だから許して。脚力に自信がある家臣だけ護衛に」

「今回同行させているのは、森《もり》、柳生、真田《さなだ》、前田《まえだ》、伊達の選《よ》りすぐりの兵、その様な事は心配無用」

家臣達の脚力を心配したが不必要なことだった。

平成時代で言うと、常磐道《じょうばんどう》を北上して日立南インターを過ぎると見えてくる高鈴山、御《お》祖父様《じいさま》との修行の一環として登った山。

勿論《もちろん》、平成時代ならハイキングコースが出来ているが、今は獣道、そこを登ると山頂は岩がゴツゴツとある。

南を見ると、関東平野が見渡せる。

関東平野最北端の地。

「ふ～やっぱりこの景色は変わらないか」

「御大将、声を小さくしてもの申してください。そうですか、御大将が見ていた景色と変わりませんか?」

「関東平野が見渡せて良い地でしょ?」

「えぇ、とてもよく見渡せますね。城を築いたら?」

南に関東平野、東に太平洋、絶景の地。

ここで初日の出を拝んだ年もある。

「ここはさ、神々が住む山、神峰。出来るだけ手を入れたくないんだよね」

「そうですか……しかしながらもしもの時には砦《とりで》として使う山として考えさせていただきます」

「うっ、うん。宗矩、ちょっと無理を言うけど、少人数の護衛選んで。峰づたいから御岩《おいわ》神社に向かうから」

「はぁ~仕方ありませんね。お諫《いさ》めしてもどうせ行かれるのでしょ? 佐助、才蔵、任せた」

「はっ」

「御大将、忍びの手練《てだ》れを10人は連れて行ってもらいます。私は街道を兵を率いて進みその神社で待っております。良いですか、目的の地に行ったらすぐに下山してください」

高鈴山から峰続きの御岩神社に向かう。

途中森の中の岩場に入る。

大岩が点在していて、４００年後の目印となんら変わらない。

その為《ため》、迷うことなく進むと、

「大殿、あまり山の中は」

「佐助、ここだけだから」

そこにあるのは、不思議に一本立った岩。１５０センチほどの高さの柱。

その岩の前に座り目を閉じ深呼吸をすると、その岩から清らかな波動を感じた。

修行の時もここで瞑想《めいそう》をしていた。

祝詞を唱え、

「神々よ、この黒坂真琴《くろさかまこと》が作る世界に力を貸し与えたまへ」

唱えると俺の陰陽師としての力と共鳴したのか一本の光の柱が一瞬空に向かった。

この岩の柱、平成時代まことしやかな都市伝説として有名になる。

宇宙飛行士が宇宙ステーションから不思議な光の柱を見た。

地球に帰還して座標を調べてみると御岩神社山頂だったと。

それでなくても、古代より祭祀《さいし》が執り行われていた形跡があり、１８８柱もの神を祀《まつ》る御岩神社は平成の終わりに芸能人のＳＮＳ投稿を一つのきっかけに、大人気のパワースポットになる。

別名『神様のデパート』『神様のデ●ズ●ーランド』そんな言葉をネットニュースや雑誌のパワースポット特集記事で目にした。

ん～『神様のデパート』は失礼だし『神様の●ィズニーラ●ド』と言う異名は千葉のパワースポットに名付けてよ。

神仏合祀《ごうし》が色濃く残り、あの水戸黄門《みとこうもん》、徳川光圀《みつくに》も『大日本史』編纂《へんさん》の成功祈願のため筆入りの儀をここで行い、水戸徳川家が代々手厚く保護し信仰した神社。

平成時代訪れた時には巨大な三本杉に天狗《てんぐ》が住んでいそうな雰囲気を出していたが、ん～なるほど、今から成長するのね。

巨木として見ていた杉が、まだ背丈ほどだと言うのが少々面白くも思えた。

そんな平成時代の思い出を胸に、合流するため道に向かって下山。

先回りしていた、宗矩《むねのり》率いる兵と合流した。

「気が済みましたか？　御大将」

「あぁ、ごめん。どうしてもここは参拝したかったから」

「次の寄進は御岩神社……と」

伊達政道はメモしている。

「しかし、このような山奥の地に金をかけるだけの必要がありましょうか？」

「ん～ここ、鉱山があるから。あとで開発の指示は出すけど、レアメタル……んと、様々な鉱石が採れるから道の整備はしたいし、そこで働く者の安全祈願の寺社としたいんだよ。人が集まるところには寺社は必ず置きたいからね」

そう言うと、宗矩と政道はそれ以上言葉を続けなかった。

御岩神社にも二千石の寺社領を寄進して、今後の神社整備の約束をして下山した。

あの世界的電機メーカーの一歩はこの近くの鉱山から始まった。

俺の目指す国作りにも必要な地。

この山間も賑《にぎ》わう地になるだろう。

いずれ開発のため、また来るだろう。


再び乗船して、北上を続けた。


俺の領地である常陸国沿岸最北部は現在、藤堂高虎《とうどうたかとら》によって城が築かれている。

その城を五浦《いづら》城と命名した。

城は断崖絶壁の地形を生かしながら、平潟《ひらかた》から大津と呼ばれる二つの小さな湾を港として組み込んだ海城。

北端が磐城《いわき》国境の勿来《なこそ》に隣接する鵜《う》ノ子《こ》岬と呼ばれる岬で、南端が大津と呼ばれる港。

南北に異常に細長い少し変わった城だ。

この特殊な城の築城を任せられる武将はこだわりが強そうな男、やたらスーパー銭湯を作りそうな男、城の港に降り立つと出迎えてくれた。

背が高く、彫りの深い古代ローマ人を彷彿《ほうふつ》とさせる顔の武将・藤堂高虎。

築城の名手として名を残す男。

絶景で知られる五浦海岸も景観を壊すことなく城内に取り込み、史実歴史線では日本近代美術の父、岡倉天心が六角堂を作る景勝地には、茶室が作られていた。

この岩と太平洋の荒波の風景は藤堂高虎の心にも何かを訴えた景色だったのだろう。

茶室は奇《く》しくも六角堂に瓜二《うりふた》つで、五浦の海を借景する作りであった。

そんな茶室で一杯の茶を飲みながら、

「流石《さすが》、藤堂高虎。海防に優れた城を築いてるね」

「お褒めのお言葉ありがたき幸せ、鵜ノ子岬に申し付けられました天守を築きましたが他の岬に築いている櫓には砲台を作っております。大砲の手配を頼みたく」

「ん、それは伊達《だて》政道《まさみち》が入城と共に手配しよう」

岬に作られた天守は、層塔型、宇和島城のように小ぶりだが、天守最上階は命じたように灯台の役目を持たせるため、内部は金箔《きんぱく》貼り、開けられた戸は広く中心には、いくつもの油が入った皿が並べられ、夜、火の番が座る床几《しょうぎ》が置かれていた。

「層塔型天守か」

「はっ、この造りの方が短期間で作れます。お嫌いでしたか？」

日本の城、天守は実は大きく分けて二つの構造に分かれる。

望楼型天守と層塔型天守。

平成の現存天守で例えると、犬山城は望楼型天守、姫路城は層塔型天守だ。

ちなみに安土城《あづち》も望楼型。

層塔型天守の考案者藤堂高虎に城を任せたからには、この形になるのも想定内。

俺は望楼型のが好きだが。

「いや、別に俺が住むわけではないし、実用的で見た目も良ければこれで構わないよ」

「はっ、しかし、常陸《ひたち》大納言様が考案なされたという雷避《よ》けのお力は凄《すご》うございます。築城の最中何度か雷が落ちたのですが、一切無傷。この藤堂高虎、感服いたしました」

「あ〜雷は、地中に逃がすことで火災は回避できるからね。これからも城には必ず付けるように」

「はっ」

「高虎には申し訳ないけど、しばらくは普請の仕事を任せるから。ここの次は大洗にも海城を作って欲しいし、その後は日立じゃなくてえっと、河原子《かわらご》海岸近くで港の整備を頼みたい。普請続きだけど大丈夫？」

「はっ、最早《もはや》戦での功名を得られる機会はない。常陸の国を富ませる事こそお前の仕事だ！　とは、上様に言われて来たので覚悟してはおります」

「そっか、信長様がね。この短期間で作れる層塔型天守の作り方は幕府に開発したのは藤堂高虎だと報告はするからね。人の手柄を横取りするほど俺は嫌な上司にはなるつもりないし」

「いや、その様に思ったことはございません。この作事の腕を評価してくれる良い殿だと思っております」

「なら良いけど」

この城は初めっから伊達政道に任せるつもりの城、藤堂高虎に作らせておいて悪いが城主は政道なのだ。

藤堂高虎が不満を持たないように注意しないと。

「では、陸側を見せてもらうか」

この城はあくまでも海防拠点の城で、東北地方を監視牽制《けんせい》する目的や、伊達政宗《まさむね》からの防御の城ではない。

磐城との国境に巨大な城を築いてしまうと、いらぬ緊張が生まれる。

だからこそ、城主も伊達政道。

もし、伊達政道が兄政宗と結託して謀反を起こしても陸地側が無防備なら攻めやすい。

陸地側を無防備にするのは、この二つの理由からだ。

馬で移動しながら陸側の郭《くるわ》を見に行くと、陸側は街道に沿って城と街道を分ける為の区切りとして、土塁の空堀と木組みの柵が設けられた簡素な作りとなっていた。

藤堂高虎は、やはり城作りの名手。

命じた事を理解し、それに合わせた物を作っていた。

「申し分なし。必要以上に堅牢《けんろう》にせず簡素、陸路を通る者に対しての防衛施設ではないと言うのがわかる」

「はい、伊達殿や南部《なんぶ》殿の使者も通られますが、これならいらぬ緊張がないと申しておりました」

　最近来た伊達成実《しげざね》の言葉だろう。

　磐城から茨城城に来るのに使う街道なのだから。

「そう言えば伊達殿は磐城小名浜に城を築いているが高虎としてはどう思う？」

「伊達家重臣・伊達成実殿が築いてる城の事にございますね。伊達の当主は仙台城と呼ばれる城を築いております。いずれも港との行き来を考えた地、御大将の海の道を取り入れたもの、良きかと。小名浜の城、それとなく遠くから検分いたしましたが、城は飾りに近く、港の整備が主のように見えました。ここと同じように籠城を考えた城ではない様子。伊達殿は幕府への遠慮を見せているのかと。ただ、仙台に作りし城は巨大な天守を作っているとは耳に入っております」

　伊達政宗、仙台城に天守を作るか。

　伊達政宗作る天守がどの様な物か見て見たいな。

　史実では仙台城に天守は築かれなかったし。

「うむ、やはり伊達政宗は港の有用性を理解するか、高虎、もうしばらくこの城はかかるのであろう？　くれぐれも、伊達殿を刺激するようなことはなきようにな」

「心得ております。年内には完成いたします」

「次は大洗に予定しているから引き続き頼みたいのだが、高虎、直臣にならないか？　やはり、この城を見て改めて思う。与力ではなく直臣にどうだ？　一万石を加増し家老の家格で迎えたい。信長《のぶなが》様には俺から願い出る、どうだ？」

「嬉《うれ》しき話なれど、しばしのご猶予を」

「まぁ、じっくり考えてくれ」

藤堂高虎、史実だと日和見大名としてのし上がるからな、仕方ないだろう。

城作り、寺社仏閣作り、そして建築改革をしている俺としては欲しい人材なのだが。

領地を多く与えることは容易《たやす》いが、他の家臣から不満がられてしまうと困るので一万石加増が妥当なところだろう。

これ以上は、そうそう与えられない。

いずれ直臣になってくれると良いのだが。

この日は地元の漁師が本場の鮟鱇《あんこう》のどぶ汁を作ってくれて、舌鼓を打った。

取り敢《あ》えず、領内の拠点作りは大丈夫のようだ。

第四章　磐城巡察

《伊達政宗と愛《めご》》

(真琴《まこと》が伊達政宗に茨ひよりの絵を贈った少しあとの事)

「殿、常陸大納言様の御側《おそば》にお仕えさせる女子を選定するのに、忍びを使い各大名に贈られた常陸大納言様が描かれたという女子の絵、そして茨城城の装飾から少しばかり異国の顔立ちが良いかと思いまして、選んだ二人にございます」

「うむ、どれ……うっ、常陸様の好みは儂《わし》にはわからん。ただ、愛が言うのであれば合っているのだろうが、素性は確かなものなのか？　この二人は？」

「我が実家田村《たむら》家の遠縁の者、ご安心ください。安達ヶ原《あだちがはら》の山育ちの田舎者ですが、私が礼儀作法を教えた後、小次郎《こじろう》殿を通して常陸大納言様の御側に」

「それで良い。しかし、ずいぶんと日に焼けている者達《たち》よな」

「この二人の父は元は田村家の薬師でして亡くなった後は、薬草採りを生業にしていた者でして」

「さようか。両名、常陸様の側に上がること承知か？」

「伊達家の為《ため》に働かせていただきます」

「はっ、はいでした」

「殿、この者達には幼き弟がおりまして、伊達家で取り立てる約束をしていただきたく、三春に領地を与えてあげられないでしょうか？」

「あいわかった。両名どちらかでも常陸様の側室となったなら、弟に三春の地に五百石を与え、元服の後は足軽頭として取り立てることを約束する」

「ははぁ、ありがたき幸せ。私達姉妹の全てを常陸大納言様に差し出し、伊達家とをつなぐ鎖になることをお誓いいたします」

「姉様と同じくでした」

「よろしく頼んだ。下がって良いぞ」

「下がりなさい」

「「はい」」


「愛、しかし、安達ヶ原の者か？　あのように色黒く、目鼻立ちも大きく、異国人を思わせる異形の者……鬼婆《おにばば》の血をひく者であるまいな？」

「殿、そのような者はおりません。いたとしても田村家で雇うはずがないではないですか。常陸大納言様が描く目が青い女子の方が山姥《やまんば》に近いかと」

「……うむ確かにそうだが……」

「大丈夫です。あの者達なら絶対気に入られますから」

「愛がそう言うなら……」

◇　◆　◇　◆　◇

《伊達成実と鬼庭綱元《おにわつなもと》》

「なに！　常陸様が領内巡察に五浦《いづら》まで足をお運びになって逗留《とうりゅう》しているだと」

「はっ、藤五郎《とうごろう》様、何でも例の船で来ているとか」

「綱元、伊達家に二心なしを見せねばならぬ、すぐに五浦城に行き、伊達家領内も検分いたしてもらうようお頼み申して来い。儂は殿を仙台からお連れする」

「来ていただけましょうか？」

「来ていただかねばなるまい。海岸沿いにいくつも城を築いているからな当家は。いらぬ疑いをかけられては北条《ほうじょう》のようになりかねない。少なくとも、このすぐ隣である小名浜の城くらいは開けっぴろげに見ていただかねば」

「わかりました。この鬼庭綱元、一命をかけてお頼み申してきます」

◇　◆　◇　◆　◇

南蛮型鉄甲船艦隊の補給と船員の休息をかねて3日ほど五浦城に逗留すると、伊達《だて》家からの使者が来た。

南蛮型鉄甲船艦隊が目立ち、往来する旅商人などから、すぐとなりの小名浜城、伊達政宗の重臣の伊達成実の耳に入ったようだ。

「伊達家家臣、鬼庭綱元に御座います。伊達成実と共に磐城《いわき》を任されております。この度は、常陸様が近くにおいでと耳に入りまして、どうか一度、伊達領内を検分していただき、また御接待いたしたく足を運んでいただけないでしょうか。どうかお願い申し上げます」

「鬼庭殿、久しぶりですね。そうか、伊達領内、奥羽の目付も俺の役目だもんね。信長様がそのつもりみたいだし。ん〜、でも今回は支度出来てないから次回って事で」

鬼庭綱元が領内に来て欲しいと言う言葉で、すぐとなりにいる柳生宗矩《やぎゅうむねのり》が、明らかに「行ってはなりません」と言う恐《こわ》い目線を送ってきた。

宗矩……恐いよ。

目だけで気持ち送って来ないでよ。

「護衛なら、この綱元が命を懸けてお守り申します」

「俺的にはね、信用してないわけではないんだよ。輝宗《てるむね》殿が政道《まさみち》を俺に預けているわけだし輝宗殿まだ健在なんでしょ？」

「大殿なら今頃は秋保《あきう》で湯に浸《つ》かっております」

「良いな～秋保温泉かぁ、うちにもなんとか湧き出したけど、陸奥《むつ》は温泉が豊富だから羨ましいよ」

この五浦、平成にはボーリングされ、天然温泉が湧き出す。

五浦のホテルや、平潟《ひらかた》の旅館民宿は、意外にも温泉だった。

しかも温度も熱すぎず温《ぬる》すぎずで、源泉掛け流しの宿も多い。

鮟鱇鍋だけではなく、温泉だって楽しめる地。

塩化物泉でよく温まる。

茨城城で温泉掘削に成功した上総《かずさ》掘りでいずれはトライしたい。

今は城作り街作りで忙しいので後回しだが。

「でしたら、いかがでしょう。湯本にも湯が湧いております。湯治として来てはいただけませんか？」

鬼庭綱元も子供の使いではないためか、領内でどうしても、もてなしたいらしい。

俺が磐城、伊達家の領内に足を運んだ実績だけでも作りたいようだ。

宗矩の顔を見るとよい顔はしていない。

さらに眼光を鋭くし、鬼庭綱元の真意を心の奥底まで見るかのように睨《にら》んでいた。

「鬼庭殿、どうしてそこまで御大将に出向いてもらいたいのですか？」

宗矩が口を開く。

「奥州に多大な領地を頂き、今、城をいくつか築いております。それが幕府に疑念を抱かれる事になるかと。だからこそ、副将軍であられる常陸《ひたち》様に領内巡察、検分をしてもらえればと」

至極当然な事を言う綱元。

「確かに理にかなった申し出、俺にはその役目もあるらしいから、仕方がない。近くまで来たわけだし、今回は湯本の湯に浸かるだけの約束で、磐城国に入ろう」

「御大将！」

少し困った顔をする宗矩。

「大丈夫、政宗《まさむね》殿は卑怯《ひきょう》な振る舞いはしないよ。だいたい、前の歴史では宗矩と政宗って飲み友達なのに」

「御大将！　我々家老職以外の前では考えてものを申してください！」

「あっ！　今の言葉は忘れて。宗矩、常磐《じょうばん》湯本温泉だけでも入ろうじゃないか？　護衛は50の馬上火縄銃改隊とする」

宗矩は大きなため息で、俺の警戒心のなさにあきれている様子だった。

「御大将がそのように命じるなら致し方なきか。ただし、真壁氏幹《まかべうじもと》に街道を先に見るよう出させます。良いですね？」

「うっ、うん、それで良いよ」

「鬼庭殿、御大将が通る道の検分をさせていただきます。怪しき事あれば、我が剣に匹敵する真壁がうち捨てますがよろしいですね？」

「はっ、ご存分に検分いただけるよう手配いたします」

真壁氏幹は鬼庭綱元の家臣に案内されて、先に出立した。

次の日の朝、五浦城を出発、旧勿来《なこそ》の関の山を通ると山桜が満開に咲いていた。

磐城七浜と呼ばれる北へ長く続く砂浜を背景に山桜が春の到来の喜びに舞っているような絶景。

「吹く風をなこその関と思へども道もせにちる山桜かな」

「おっ、御大将にしては良い歌を詠まれますな」

宗矩に褒められてしまったが、

「これは源義家《みなもとのよしいえ》の歌だよ。俺が読むなら『勿来関　永久に染めよ　山桜』かな」

「随分短い歌で」

「俳句だよ、5・7・5文字の歌ならそこそこは読めるんだけどね」

「その歌なら、慶次《けいじ》殿も目をつり上げないかと」

「ははは、確かに慶次は歌には五月蝿《うるさ》いからね」

慶次に和歌を見せると何度も注意されるから。

ラノベ作家界隈《かいわい》で有名な校正赤ペン先生かよってくらいに。

「勿来、磐城が永久に山桜が咲き誇るように繁栄して欲しいと言う歌ですか、ありがたい、是非ともここに歌碑を作らせていただきます」

「ちょっと、ちょっと、そんな歌碑だなんて、綱元殿」

ちょっと遊び心で詠んだつもりの歌が歌碑になり後世に残るようになるとは思っていなかった。

しかも、5・7・5の俳句。

あれ？　俳句で有名な松尾芭蕉《まつおばしょう》より俺が先ってなんかマズいような気もするが、良いのか？

名歌生まれないルートになるのか？

大丈夫なのだろうかと考えながら、馬を進めた。


右手に太平洋を望みながら海岸線を進む。勿来を過ぎ、鮫川《さめがわ》を渡った所から小名浜へ向かう海沿いの道から離れ、西の山道に入り、湯本温泉に進む。

史実歴史時代線では、有名な日本国のハワイアンリゾートが存在する場所よりは少し北、もう一山越えれば平成の世で国宝の白水阿弥陀堂《しらみずあみだどう》に着いてしまいそうな山間にある、湯本神社を中心として湯治場が栄えていた。

俺の知っている湯本の歴史とはかなり違うが、小名浜城を築城している職人や、磐城の整備をしている者たちで賑《にぎ》わっているからこそ、湯本は湯治場として栄えているようだった。

湯本温泉の名は『佐波古の湯』として古くからある名湯だ。

磐城湯本の温泉は程良い加減で温泉の匂いがする。

きつ過ぎず、だからと言って無臭ではない程よい匂いが漂い、無色透明に温泉成分の白い湯ノ花混じりで、ほどほどに温泉を感じる名湯。

湯ノ花の存在を知らないお客が『ゴミ浮いてる』『ゴミ多いな』など言っているのを聞いたことがあるが、温泉成分だっちゅうねん！っと、ツッコミをしたくなった事が何度かあったなぁ、そんなことを家族と来た時の記憶を匂いで思い出し、なんだか懐かしさを感じる。

温泉、場所によって様々な匂いがする。

卵が腐った臭いと言われる火山性の匂い、灯油が混ざっているのか？　と思わせる油っぽい匂い、鉄さびの匂い、泥の匂い。

温泉を鼻で楽しむのも一興。

違う景色であろうと、匂いのエピソードでその地を思い出す。

温泉地や花の名所などではよくある。

温泉の匂い、花の匂い、飲食店の匂い、山の匂い、海の匂い、肥だめの匂い、牧場の匂い、動物園の匂い、祖父母宅の匂い、お寺の匂い。

女性の体臭が好きという性癖を持つが、その地その地が持つ独自の匂いを楽しむ事も好きだ。

山道を抜け賑わう町に出ると、一際賑わう人の姿が見えた。

「あっ、温泉神社か、寄らせてくれ」

「御大将、しばらくお待ちください。警護の者を境内に」

縁日でもしていたのか、賑わいを見せる湯本温泉神社が目に入ったので、馬を下りると宗矩に止められてしまった。

人が大勢いるのを宗矩としては懸念しているのだろう。

「宗矩、神聖な場所、それに民が楽しんでいる様子、無粋な真似《まね》はいたすな」

「しかし、御大将」

「なら、宗矩と綱元だけ付いてこい。銃を持った者が鳥居をくぐるは許さぬ」

「はっ、この綱元、いかなる者でも盾となる所存」

「だ、そうだ。宗矩」

「くっ、仕方ありませんか、御大将は並々ならぬ神域を大切にするお方、ただし、参拝だけにいたしてください。それと、佐助《さすけ》と才蔵《さいぞう》は先に入らせます」

柳生宗矩、俺の爺《じい》やか？　俺より若いのに。そんな事を口にすると宗矩も不機嫌になりそうなので、黙って三人で鳥居をくぐった。

賑わう湯治場と合わせてなのか、大分立派な神社で、参道は広く、脇には茶屋も見え、宿の浴衣姿の者達《たち》が団子や茶を楽しんでいる。

手水舎《ちょうずや》が温かな温泉なのが『温泉神社』として面白い。

平成の時にも来たけれど、温泉だったっけ？

ん～この辺の記憶は曖昧だな。

手水が温泉だと冬場でもしっかり清められるね。

しっかり清め、社殿に手を合わせた。

宗矩が物見遊山は許すまじと恐い顔を後ろでずっとしているので、元来た参道を寄り道せず戻ると、

「おうおうおう、おめえら、確か安達ヶ原《あだちがはら》の山姥《やまんば》の血を引く娘じゃないか」

「あっ、猪苗代《いなわしろ》で見たことあっぺ、なにこんなとこに来てんだ」

「無礼な、私達はそんな者の血など引いてはおりません。薄汚い酔っ払いめ、このようなところで酔っているとは恥を知れ」

「姉様、恐い……でした」

なんだか嫌な雰囲気だな、嫌なものが目に入ってしまった。

「けっ、恐い恐い、流石《さすが》、安達ヶ原の山姥、洒落《しやれ》た服着て化粧までしたって山姥は山姥」

「はははははははっ、山姥の娘が化粧したとこで山姥だっぺ」

笠《かさ》をずらして見る、ヤマンバギャルキターーーーーーー！

って、あのどこかの部族かっていうメイクはしていないから、ナチュラル黒ギャルか？

メイクさせたら似合いそう。

俺の大好物っじゃなくて、そうじゃなくて健康的な日焼けした小麦色の肌の二人の娘、一人は恐い顔で絡んできた男達を睨み付け、一人は肩をふるわせ怯《おび》えていた。

「見過ごせないな」

「御大将、お止《や》めください。私にお任せをってぇ、御大将！」

宗矩《むねのり》が制止したが、もうその娘達の前に出ていた。

「なぁ、お前達が言う安達ヶ原の山姥はあの妖怪に成り果てた者の事か？」

「けっ、なんでぇお前さんは？」

「安達ヶ原の山姥って言ったら妖怪にきまってっぺ」

二人のほろ酔い顔の侍が立ち上がると、宗矩だけでなく、綱元《つなもと》も前に出た。

佐助と才蔵は後ろに回りいつでも飛び出せる位置に移動している。

うん、ここで殺生はしてくれるなよ。

ポンと二人の肩を叩《たた》き、後ろに下がらせる。

「ちょっとばかり、陰陽道に心得があるが二人からは良い気しか感じぬ。まるで清々《すがすが》しい磐梯山《ばんだいさん》か安達太良山《あだたらやま》のような森の良い匂いがする。よく山にでも入っているのか？　良い気だ」

「えっ？」

「なんで、わかったのでした？」

小さなか細い声が聞こえた。

「けっ、こっちはからかって遊んでいたってのに、つまんねぇのが出て来たな」

二人の侍が椅子に立てかけてあった刀に手を伸ばした瞬間、刹那のタイミングで、

「御大将、斬りますか？」

宗矩は手刀を二人の喉元に当て、殺気を放っていた。

あまりの殺気に粋がっていた二人は真っ青になり額には冷や汗が見えた。

「宗矩、俺は名乗りを上げていない。ただの侍同士の喧嘩《けんか》、綱元、それで始末を出来るな」

「……あっ、はい、御温情ありがたき幸せ。この騒ぎ、磐城《いわき》奉行鬼庭《おにわ》綱元が預からせてもらう」

「え？　あの鬼庭様？」

二人の侍は顔色がさらに青ざめていた。

青を通り越して、茨城弁で言うぶつけた時に出来る痣《あざ》のような色『あおなじみ』みたいな色にまでなっていた。

おそらくは、伊達《だて》家旗本か、その家臣なのだろう。

砂利に膝を突き頭を下げている。

「さっ、二人とも、もう行きなさい」

振り向いて黒ギャルに声をかけると、ペコペコと頭を下げて走り去って行った。

まるでゴールデンウィークの雪解けしてすぐの磐梯山麓の五色沼、散策路のように爽やかな雰囲気がする二人の娘、可愛《かわい》かったなぁ。

安達ヶ原の山姥か、うろ覚えだが悲しいお婆《ばあ》さんの話だったな。

子供の頃、家族で行った福島県二本松市の菊人形祭りで影絵劇や、近くの宿で女将《おかみ》が朗読劇をしてくれたので、その耳学問で曖昧に覚えている話はこんな話。

とある裕福な公家《くげ》の娘の世話人、乳母として働いていた女。

娘のように可愛がっていたが、ある日その娘が大病に罹《かか》ってしまう。

どうしても治してあげたいと思った女は、とある事を耳にした。

『胎児が薬になる』と。

女はその屋敷を出て、安達ヶ原の山奥で身ごもった旅人が来ないか幾年も待った。

旅人を殺し、金品を奪い喰《く》らい、幾年もの歳月が過ぎた。

その頃には女はすっかり人の心を捨てていた。

ある日、若い夫婦、お腹《なか》の大きな妻を連れた夫。

夜中峠に迷ったので一晩の宿を借りられないかと訪れた。

女は快く泊めたが、夜寝静まったとき、男を一突き。

妊婦はその騒ぎで目を覚ます。

「お前さんには恨みはないがお腹の子は貰《もら》うよ」

女は妊婦を刺した。

息絶える間際、妊婦は、

「おばあさん、どうか●●に会ったら私は元気になったと伝えてください。私は●●と言う名、どうかどうかそれだけは伝えてください」

妊婦が息絶えた瞬間、女は気が付いた。

今、自分が殺した妊婦は、薬を飲ませようとしていた娘だったことに。

女はこの時、魔に食われ鬼となった。

鬼婆《おにばば》になった女は今まで以上に、峠を通る者を襲った。

しかしある日、その噂《うわさ》を耳にした名僧、東光坊祐慶《とうこうぼうゆうけい》に退治された。


そんな悲しい物語。

人が人の心を捨てたときに入り込む魔。

間が抜け魔が差す。

気をつけなければ誰にでも起こりうる。

あの明智光秀《あけちみつひで》が妖狐《ようこ》に食われたように。


二人の黒ギャル、人の心を捨てたどころか、人を包み込む温かい癒やしの気を持つ者。

さぞかし優しい心を持っているのだろうな。山焼け？　雪焼け？　の、こんがりとした肌も魅力的だったが、気が引かれる二人だった。

もう会うこともないだろうが、あのような騒ぎに巻き込まれて可哀《かわい》そうだったな。

うちの領地なら、ああいった類いの男ども、慶次《けいじ》が容赦なく懲らしめるだろうけど。

《二人の娘》

「姉様、素敵な方でした」

「そうね、でも侍なんてみんな一緒だっぺよ。女と見れば物のように扱って」

「……私達も贈り物でした」

「んだから、これから酷《ひど》い目に遭う生活になるんだから、その覚悟を神様に聞いてもらおうと寄っただけなのに、なによあの侍共は」

「でも、なんであのお方は私達が磐梯山麓で育ったの言い当てたのでしょうでした」

「偶然にきまってっぺよ」

「姉様、言葉遣いでした」

「あっ、……っとに、めんどくさいわね。これから大納言様にお仕えするって命じられて、行儀作法やら言葉やら」

「ですです。早く宿に行きましょうでした」

◇◆◇◆◇

名乗りを上げなければただの喧嘩。

女に絡んだ二人は、鬼庭綱元の裁断で女に無礼を働き神聖な境内を汚した罪として、三十叩きと生涯禁酒を命じて解き放ちとするそうだ。

それで良い。

俺に絡んできたからと、斬っていたらきりがなくなる。

いくら身分が違くても、命の重みは一緒なのだから。

神社を出て、宿がひしめき合う通りに案内された。

一軒一際立派な宿屋。

勿論《もちろん》、貸し切り。

伊達輝宗《てるむね》や重臣が宿泊する宿として作られたとのことで、他の宿よりは明らかに外見が違う武士の屋敷のような、2メートルほどの高い塀があり、門は門番が在住するように作られた長屋門を持つ最低限の防衛施設が整っている。


『本陣・湯本屋』


「お疲れ様でございました。こちらでございます」

鬼庭綱元が案内してくれる。

その宿の入り口では従業員と呼ぶべきなのか宿で働いている者であろう人達が、地べたにひれ伏してお出迎えをしてくれる。

これどうにか出来ないかな。

うちの領内なら少しずつ、この過ぎたる挨拶は改善されてきているけれど。

「皆、出迎え御苦労。大納言常陸守《ひたちのかみ》様はそのような出迎えを良しとはしない。立って頭を下げていれば良い」

俺に代わって指示を出す宗矩。

俺はあまり口を開かない方が良いのだろうが、

「苦しゅうない、地べたで土下座する必要はない、今宵《こよい》から世話になるぞ」

「この宿の主《あるじ》、光衛門《みつえもん》にございます。天下の副将軍様を迎えられるとは栄誉の極み、どうかいつまでも逗留《とうりゅう》してくださいませ」

大声で言ってきた初老の宿屋の主は、二代目黄門様西〇晃さんに似て綺麗《きれい》な白髪に白い髭《ひげ》を綺麗に整え伸ばしていた。

「ははは、そんな長居はしないから、二泊かな」

「そんなこと言わないで五泊はしていただかないと困ります」

「はっ？　なにを申している」

眼光鋭き目で宗矩が睨《にら》みつける。

あまりの殺気の籠もった眼光に光衛門がブルリと震えた。

「も、申し訳ねえ、鬼庭様」

「申し訳ありません。実は仙台に早馬を走らせまして、我が主に事の次第を知らせてこちらに出向くように藤五郎《とうごろう》様が行った次第で」

宗矩の眼光はさらに鋭くなる。

「柳生《やぎゅう》様、二心などありません。当主直々にもてなさせたいだけなのです」

綱元が言うことは本心なのだろう、緊張の空気を感じ、俺は、

「ずんだ〜〜〜?」

とぼけたように言うと、緊張が一気にほぐれたのか皆が笑い出した。

「あはははははははは、常陸《ひたち》様、あはははははは、殿のずんだ餅がよほどお好きなのですね、しかし、あれは夏の採り立ての枝豆がなければできません。あはははははは」

なぜか綱元はやたら受けていた。

「ずんだのもてなしは、うん、大丈夫かな……。そうか、政宗《まさむね》殿が直々来るなら一週間だけ泊まろう。それ以上は待たないよ」

「はっ、わかりましてございます」

「宗矩、そうそう気を張り詰めるな。伊達政宗と言う男は戦場でなら独眼竜となり荒ぶる者だが、平時にだまし討ちをしてくるような無粋な器量を持った男ではない。そして、父・輝宗殿が健在ならなおさらのこと。俺には政道《まさみち》を預けたと言う借りがあるから」

政道を見ると深く頷《うなず》いていた。

「兄上が御大将を討ったとして天下が望めぬ事など重々理解しているはずです。むしろ御大将に取り入って知識を学ぼうとする向上心の方が多いかと。兄上は織田信長《おだのぶなが》様に良く似ておられる気性でございます。新しき物を大変好みます。それをよく知る御大将に弓引く

などありえません。柳生様、伊達を信じていただけないでしょうか？」

「二人がそう言うなら仕方ありませんが、五浦《いづら》の城より兵は出させます。他の宿屋も貸し切れるな？」

綱元《つなもと》に聞く宗矩《むねのり》。

「も、勿論にございます。すぐに空けさせます」

綱元は家臣に指示を出し、宗矩は真壁氏幹《まかべうじもと》を五浦城に走らせて護衛の兵を増強させると言う。

仕方ないかと、その辺は任せる。

「では、一週間厄介になるぞ」

俺は玄関に腰を下ろし、湯本温泉に一週間の滞在を決めた。

部屋に通されると書院造りの上段と下段の間に分けられた、合わせて20畳ほどの部屋に通された。

小さな城のような畳が敷かれた部屋。

上段の間に一度腰を下ろすが、

「んでは、取り敢《あ》えず湯に入るよ。支度は大丈夫？　俺、温泉宿では何度も風呂入りたい人なので、その辺よろしくお願いします」

俺は平成時代、家族旅行で温泉宿に泊まると湯あたりするのではないかと言うほど湯に浸《つ》かった。

温泉はそれなりに体力を消耗したり、肌の油分を洗い流してしまうから一日三回までが良いなどと奨励されているのが一般的だが、俺は宿に着いたら一回、食事前に一回、食後に一回、仮眠して一回、寝る前に一回、朝起きて一回、朝食後一回、宿を出る直前に一回、と、ちょこちょこ何度も入るのが好き。

元領内の近江雄琴《おうみおごと》温泉でも、こっそりと度々浸かった。

「御大将、落ち着いてください。まずはお茶でも」

宗矩に止められてしまった。

宗矩がそう言う時は何らかの支度、要するに家臣が風呂や建物を検分したり護衛の配置の時間が欲しい時なのだ。

仕方なく女中さんが入れてくれたお茶を飲み30分は我慢した。

その間、慌ただしい足音が宿中に響いていた。

「風呂だ、風呂の警護をしろ！　ぬかりなくな」

「はっ、すぐに！　おい主、風呂は綺麗になっているだろうな」

「勿論だっぺ。湯は入れ替えてありますんだ」

大声が宿の中で飛びかっていた。

しばらくすると、その声も落ち着く。

「政道、見て参れ」

「はっ」

政道に様子をうかがいに行かせるとなんとか準備も整ったと言う。

「どれ、風呂」

匂いが俺を風呂場に誘っていた。

温泉地に来ていつまでもお預けにされるのは辛《つら》い。

『腹が減った……』昼時に匂いに誘われて空を見上げながら、ぽか〜んと言う輸入家具販売業のおじさんではないが、『湯に浸かりたい……』と心が言っている。

一っ風呂浴びたい。温まりたい。

「はっ、今し方、支度は整いましてございます」

宿の風呂に通されると竹垣で囲われた岩風呂の露天風呂、とても風情のある風呂だ。

俺は裸になり入る。

太刀持ちに、政道がふんどし姿で洗い場に蹲踞《そんきょ》座りをしている。

「政道、風邪をひくから湯に入って、護衛は宗矩が間違いなくしているから太刀持ちは不要だよ」

「しかし、御大将、柳生様に命じられましたので」

「だったら、そこの松の枝にでも太刀を置いて、ほら、ここならすぐに手が届くから、家臣が素っ裸で、そこにいる方が俺の精神にダメージを食らうから。落ち着いて入っていられないから」

「だめぇじ？　良くはわかりませんが、御大将お望みとあらば太刀は持ったまま、腰までつからせていただきます」

太刀を高々と手に持って上げた状態で腰までつかる政道。

まあ、冷えなければよいのだけれど、太刀、湿気で抜けなくなりそうな気もするが良いのだろうか？

「常陸様、湯加減はどうだっぺ」

大声で入ってくる光衛門。

「んだから、良い湯だっぺよ。ってあっ。ああ、気持ちいい、桜が咲いたとはいえ朝晩は寒いから体が冷える。冷えた体をこの湯は温めてくれるのに存分なほどに良い泉質だ。いい湯だ」

ついつい気を抜いて方言が出てしまった。

「喜んでもらえて何よりだっぺ。背中をお流ししいたしたいですが、こんな爺様《じいさま》より若い娘っ子がよかっぺ？　あとで手配しますんで楽しみにしていてくんろ、ヒヒヒヒッ」

ニヤニヤといやらしく笑い言って光衛門は出て行ってしまった。

いらない気配りなのだがな。

この時にちゃんと断ればよかったと、後に後悔した。

温泉、ちょこちょこと何回も入るのは好きだが一応は湯あたりを考え一回は15分と短時間で上がるようにしている。

雄琴温泉でのお初達《はったち》の湯あたり事件をどことなく懐かしく思い出しながら程よく体を温

めて風呂を出て部屋に戻ると、夕飯の支度が調えられていた。

常磐物《じょうばんもの》と呼ばれる海の幸が食べきれないほど並べられた食事。

肉厚の大きなヒラメが口をパクパクしながら姿造りの刺身にされていた。

常磐物のヒラメ、絶品。

茨城県と福島県は推しとして、常磐物ブランド魚、もっと宣伝するべきなのにと思う品だ。

そんな海産物の夕飯に舌鼓を打ったあと少し横になり休んだ。

これぞ湯治だ。

湯に入って、食べて、寝て、湯に入るの繰り返し、何気に仕事していないように見える俺でも日々の執務は激務、しかも夜は子作りで激務、久々にゆっくりとゴロゴロできる。

仮眠をして目を覚ましたころには深夜になっていたが、俺は湯に向かう。

政道も寝ている様子なので声をかけない。

宿の外は、甲冑《かっちゅう》のガシャガシャと言う音が聞こえる。

宗矩達が騒ぎ立てないのだから間違いなくうちの兵、護衛。

廊下に出ると猿飛佐助《さるとびさすけ》が天井から静かに降りてきて、

「大殿どちらへ？」

「風呂だが、外はうちの兵だな？」

「はっ」

「宿からは出ないから心配するな、佐助も風呂に浸かって休め」

「ありがたきお言葉。才蔵《さいぞう》と交代で休んでおりますのでお気遣いなく」

五浦城から到着した兵は護衛の任務に就いている。

宿の中なら間違いなく安全だ。

一応、小太刀は手にし、再び先ほどの岩風呂に入浴する。

夜桜は満月の明かりに映し出され、湯面に桜の散る花びらが少し。

風情が良すぎる。

一人静かに浸かり、

「春の夜の　月明かり桜花　佐波古の湯」

一句詠んでいると突如、女体のシルエットが漆黒の鏡のような湯面に映った。

すぐに振り向くと月明かりに映し出されたのは、年の頃合いは17、18歳と言ったところの娘で豊満な胸を隠さず、わざと見せつけるかのように一糸まとわぬ姿……ってか、え？

「とても、よろしい歌かと」

「え！　昼間の黒ギャル」

俺はすぐに小太刀を構える。

「えっ？　えええええ！　神社の若侍様っえ？　大納言様？　貴方《あなた》様が？　失礼いたしました。光衛門が孫娘、小糸《こいと》と申します。お背中をお流しいたしたく」

「あ〜、あれか、必要はない。下がりなさい」

「御遠慮なさらないでください」

「いや、必要がないから下がれと言っている」

「そ、そんな、お爺様から、大納言様に可愛《かわい》がってもらえ！　と、仰せつかっておりますので」

「ぐふぇっ……ゴホゴホゴホゴホッ、何言ってんの、そんなこと言わないでとにかく必要ないから」

俺が再び言うと、小糸と名乗った黒ギャルは泣きながら走って出て行った。

その後ろ姿……お尻は引き締まり美しい姿だった。

くっ、黒ギャル……だが、だめだ。女をまるで物のように扱うのは許せない。

駄目な物は駄目だと俺は決めているんだから。

風呂を出て、また少し寝て、早朝、朝風呂を再び楽しんでいると、またしても黒ギャルが、はっ？　黒ギャルのロリ？

「またか！」

「失礼いたしました。光衛門《みつえもん》が孫娘、小滝《こたき》、と申しました。お背中をお流しいたしたく」

またしても一糸まとわぬ姿。

俺を誘惑しているのは一目瞭然だった。

こちらは昨日より若い15、16くらいのチッパイな娘。

「昨日も、お姉さんかな？　来たけど必要がないから、そういう接待は要らない。遠慮する」

「そ、そんな、覚悟を決めてきたのでした」

跪《ひざまず》いてうなだれてしまう小滝。

「なんの覚悟？　俺に抱かれろって言われた？」

「……はいでした」

小さな声で言う。

「光衛門には俺から説明するから下がりなさい」

「……はいでした」

小さく呟《つぶや》いてそそくさと出て行った。

こういう接待もこの時代なら普通。

この普通が嫌い。

やめさせたい。

はじめっからしっかりとそういう事、断っておかなければ宿屋には泊まれないな。

そう言えば雄琴温泉でも近いことあったなぁ。

《小糸と小滝》

「何よ、私に魅力がないって言うの！　タマナシ？　根性なし？　ぱくたれ？　でれすけ？」

　私がそそくさと部屋に戻ると姉様はお怒りでした。

「姉様は抱かれたいのですか？　抱かれたくないのですか？　でした」

「子種が欲しいだけよ。大納言様の子を産めば安達家は安泰、小滝、そうでしょ？」

「確かにそうでしたけど、噂《うわさ》だと側室も祝言をするって耳に挟みましたでした」

「はあ？　馬鹿なんじゃない？　なによ、側室でも祝言？　どうせあの男も女なんて子を産む道具としか思っていないはずよ」

「姉様、声、大きいでした。聞こえてしまいます」

「抱かれなかったら、三春に領地貰《もら》う話もなくなってしまうじゃない。こうなったら、勃起させる薬仕込んで」

「姉様、それは駄目です。見つかったらお手討ちですっ」

「ううううう、くぅ～なんなのよ千載一遇の好機だと思ったのに～」

　姉様、荒れていて恐《こわ》いです。

　でも私は裸の私達を見てがっつく人より、大納言様のように断れる男の方が好きでした。

　こんな方、他にいるのでしょうか？

　朝食を済ませた後、光衛門が朝の挨拶に来た。

「おはようございます。いかがでございましょう、当宿は、御不便はございませんか？」

「申し分はない、ないが、あのように孫娘をまるで生贄《いけにえ》に差し出すような真似《まね》はやめてもらおう。女子をまるで物のように扱う所業、俺の一番嫌いなこと」

「とんでもねぇ、生贄などと。ただ、大納言様の御傍《おそば》に仕えさせることが出来れば当家の誉れ」

「いらぬことだ。むしろ静かに湯治が出来る宿なら『黒坂《くろさか》家御用』の看板を許したい。その方が宿の格があがるのではないか？」

「黒坂家御用の看板もったいなきこと。しかし、せっかく親類から器量が良い娘を見繕って買い取って来たんだが、仕方ねぇ、また、売りに出すっぺ」

「孫娘ではないのか？」

「残念ながら、孫は男しかいなくて、買い取って孫にしたっぺよ。男の方がよかったら差し出しますっぺ」

　衆道ルートは俺の人生にはないぞ、絶対にないからな。

「衆道は好まぬ。それよりあの娘達売りに出すのか……」

「へい、小名浜城城下に遊郭が出来たんで、なかなかの値がつくんだ」

「やめろ、女を売り買いする話も好まぬ。まだ伊達《だて》の領内ではしているのか？　いずれは幕府の法度として人身売買は厳しく取り締まるぞ。我が領内では磔《はりつけ》にした者もいる」

「そうですけ？　ですが行き場のなくなる娘、なら、せめて常陸《ひたち》大納言様の下女にでもしてくれねぇべか？」

「下働きの者か……、あの二人以外にはいないのだな？」

「今、用意できたのはあの二人で、他にも用意できますが」

光衛門がニヤニヤと言う。

どうもこの爺様は世直しが好きな光衛門ではないらしい。

闇衛門か。

商売上手というのか、自分の店の家格をあげる為《ため》なら手段を択《えら》ばないと言ったところなのだろうか？

「宗矩《むねのり》、綱元《つなもと》を呼べ」

宗矩に綱元を呼ばせる。

「綱元、女子の事は知っていたのか？」

「はい、もちろん。気に入りませんでしたか？」

「気に入る気に入らないの話ではない。一瞬しか見なかったが、むしろ可愛い娘だった。好みの黒ギャルだった。だがだ、このような接待が続くなら俺は帰る」

「申し訳ないことでございます。すぐに、美少年を」

「だから、そうではない。人を売り買いするのを良しとしていないのだ。今回の小糸と小滝は縁あって連れてこられてしまったのだろ、仕方がないから俺が引き取るが、次このような事をすれば俺は帰る」

「申し訳ございませんでした。常陸様をご不快にさせてしまった罪どうか、お許しを」

綱元はいきなり背を向け短刀を抜いて、腹に突き立てようとするが、宗矩が鉄扇で叩《たた》いて弾《はじ》き飛ばす。

「御大将は切腹での謝罪は許さぬ、控えよ！　鬼庭《おににわ》綱元」

「申し訳ございません」

「……命をかけた接待なのはわかったが、俺は普通に湯治が出来ればそれで満足なのだ。過度な接待はやめてくれ。それと綱元、切腹は許さぬからな、切腹での謝罪など認めぬ。頭でも丸めてこい、それで不問にする」

「はっ、仰せのままに」

夕刻には綱元は綺麗《きれい》に髪を剃《そ》り落としていた。

改めて小糸と小滝が挨拶にテカテカ頭の綱元に連れてこられた。

「全て正直に申し上げます。この者達《たち》は、磐梯《ばんだい》山麓で猟と薬草採りを生業としている者で、小糸と小滝と言う者にございます。領内で集められた娘達の中から常陸様が描かれた絵のように、目が大きく鼻も高いどこか異国人を思わせる者として選んだ次第で」

「光衛門の遠縁の娘ではないのか？」

「あっ、いや……むしろ、愛《めご》の方様、遠縁の娘でして」

伊達政宗《まさむね》、なかなかやるな。

そして、光衛門も芝居が上手《うま》いな。

遊郭に売ると言えば俺が情けをかける、くっ、計算済みか。

言ってしまった以上は後には引けぬ。

愛の方様とは伊達政宗の正室だ。

遠縁の娘を探した所もなかなか抜け目がないか。

「小糸と小滝には、逗留《とうりゅう》中俺の身の回りの世話をしてもらうように申し付ける。俺の家臣としての扱いといたす。良いな」

「はっ、ありがたき幸せ」

「姉様、家臣でした」

「しっ、静かに」

「あ〜二人とも、俺に遠慮はしないで普通に話して良いからね。それと、何かにつけて畳に頭をこすりつけるくらい下げなくて良いから。うちでの礼儀作法は茨城城に連れ帰ったら、桜子《さくらこ》か梅子《うめこ》にでも教えさせるけど、あまり萎縮しないで良いから。うちの生徒達、城で働いている女どもも、そうしているんだけど」

「御大将、流石《さすが》にあのようには、なかなかいきませんよ。御大将の御身分から言って本当は顔を見ることすら失礼なのですから」

「だろうけどさっ、宗矩、なんか萎縮してるの見ると俺も申し訳なくて」

「御大将、慣れてください。むしろ、御大将ほど位の高い者の側《そば》で働けると言うのは家の誉れとなるのですから」

「……うっうん、でもさ」

「あっあの～失礼します。私達は夜伽《よとぎ》は？」

「御大将は側室にする際は、必ず祝言をあげて家に迎えられる。それまでは抱かれることはない。で、良いのですよね？　御大将」

「「え？　側室様でも祝言の噂、本当？」」

二人は顔を見合わせ驚くように声を揃《そろ》えて言った。

「ああ、そう言うこと。側室は家族、ちゃんと迎え入れてからでなければ抱かない。女は子を産むための道具などではない。側室だろうと家族だ。正室と何ら変わらぬ」

「だ、そうだ。御大将は助平な眼差《まなざ》しで愛《め》でられるが乱暴狼藉《ろうぜき》はせぬし、逆を言えば色仕掛けで攻める事を良しとしない。二人とも、心に留め置くように」

「宗矩、助平って失礼な」

「お初《はつ》様がいつも呆《あき》れ嘆いておられますよ」

「うっ、うぅうぅうぅお初が言うなら間違いないが、って、まあ、宗矩が言ったことは本当だ。兎《と》に角《かく》、乱暴なことはせぬからあまり緊張せず働いてくれ」

「「はっ、はい」」

この二人、茨城城に連れ帰れば学校に入れれば良いだろう。

300人の側室を抱えたという豊臣秀吉《とよとみひでよし》ではないのだから、もう良いって。

この日の事件から俺は静かに湯を楽しむ日々が過ごせた。

小糸《こいと》と小滝には湯あみを着させて背中を流してもらう。

桜子達を側室に迎え入れる前のような扱いだ。

初めっからこのくらいの接待なら受け入れたのだが、素っ裸で一緒にって、それはだめだろ。

どうもこの事件で俺の扱い方に困っているらしいが、その都度、宗矩と政道《まさみち》が細かな指示を出しているとのことだ。

あの時、断らなかったら毎日毎日違う娘が来たかもしれないと思うとゾッとする。

そして、政道が一緒に風呂に入っていたのを目撃したのを勘違いしたようで、俺の衆道に政道と義康《よしやす》がなっているのでは？　と、言う疑惑を持たせてしまったらしい。

いやいやいやいやいや、それだけはないから。

衆道が一般的な時代らしいが、俺は違うぞ。

「あの、大納言様、本当に私達を抱かないので？　私達ブスだっぺか？」

「姉様は胸あっけんど、私はねぇから、大納言様嫌なんだっぺ？　あっ、もしかして言葉、耳障りだったけ？　でした」

声の小さかった二人は訛《なま》りを気にしていた。

福島弁と言うのか磐城《いわき》弁と言えば良いのだろうか？　例えて言うなら名俳優、西田○行様がテレビのトーク番組でよく使っているイントネーションの言葉で、二人は心配そうに目をウルウルとさせながら言ってきた。

「んなことねぇ〜べよ。俺も磐城の血ながれてっかんね。んだから」

「え？　そうなのけ？」

「んだから言葉は気にすっことねぇかんね。お国訛《くになま》りは誇って良い文化だっぺよ。しゃ〜んめ、育ちまったお国の言葉なんだから」

俺の母方の祖母は福島県民、福島に親戚は多く、茨城弁にも良く似ているので、耳心地が良いくらいだ。

イントネーション、茨城弁は怒っているように聞こえるらしいが、福島弁はいささか優しく聞こえるが『んだだっぺ帝国』仲間だ。それに、小糸、小滝《こたき》、本当どうやって見つけてきたのか平成でも美少女と評価できる綺麗な顔立ちの黒ギャル。

そう言えば、福島県出身って美人の女優さんが多かったなぁ。

小糸は特に俺とそんなに年齢が変わらない、いわき市出身の女優さんに、どことなく似ているし。

監獄のような学校の漫画を実写化したときのメインヒロイン似の小糸と、オシッコお漏らししちゃった回し蹴りが得意なヒロイン役の子に似ている小滝。

「大納言様は嬉《うれ》しい事言ってくれんだな」

「姉様、大納言様は気を使ってくれてんだっぺよでした」

「別に気を使っているわけではないさ」

「お優しいですね……女買い集めてるって聞いたから、どんな恐ろしい鬼かって二人で震えていたっぺよ」

「安達《あだち》ヶ原《がはら》の鬼婆《おにばば》みたいに食べられちゃうんじゃないかって……」

しんみりと小糸は小滝の顔を見て言った。

「あぁ、あの噂《うわさ》は広がっているのか、だけど、真実は一つ！　君たち二人が見ればわかるよ。買い集めた娘に酷《ひど》いこと、手出しはしていないし家臣にだってさせていない。厳しく法度で取り締まっている。二人にも酷いこと嫌がる事はしないと約束するから。さっ、もう良いから、静かに湯に浸《つ》からせて」

「「はい」」

この日、夕方になると体調に異変を感じた。

「ん〜なんか熱っぽい気が……」

「どうしたっぺ？　大納言様」

着替えを用意してくれている小糸。

「ん〜風邪っぽいかな、ちょっと悪寒が。寝れば治りそうなくらいだけど」

「それはだめだっぺよ。すぐに薬草煎じっから、小滝、持ってきた荷物に入ってっぺ」

「はい、姉様」

二人が台所に行ってしばらくして、急須に入れた煎じ薬を持ってきた。

「毒味をさせていただきます」

政道が懐に隠し持っていた小皿を出した。

「政道、必要ないよ。二人の気はもう感じ取っている。綺麗な気だ。誰かを暗殺するよ

うっ、そんなの持ち歩いていたのね？

な者の禍々しい物ではない」

「しかし、御大将、これは護衛を務めます私の役目、お方様に叱られてしまいます。そし

て、もしもの事あらば伊達の名にも傷が」

「大納言様、わかってます。御身分が高い方の仕方なきことだっぺ」

小糸はそう言って、その小皿に急須から軽く注ぎ、政道は口に少しずつ入れ丹念に味

わっていた。

「御大将、問題なきかと」

「だから、そう言っているじゃん。ごめんね二人とも。そして、ありがとうね」

茶碗に入れられた煎じ薬を飲む。

味は苦みの強い薬草って言うか草だな。

ふきのとうの天ぷらより、渋みが強い煎じ薬だったが、不思議と体がぽかぽかと温まっ

てきた。

「へぇ～もう体、温まってきた。二人は薬草に詳しいの？」

「んだ」

「詳しいって言うか小さい頃から手伝わせられましたでした」

「そっか、良い経験したね。知識は武器、二人にはその知識伸ばせるよう考えないとね」

せっかく持っている知識と経験値、伸ばしてあげたい。

むしろ、こちらが有益になるかも。

医学の発展も考えたいと思っていたが、流石に義務教育とテレビの知識くらいしかない。

脳外科医が江戸時代にタイムスリップしたのとは訳が違うから、俺の知識だけでは事足りない。

漢方を基盤として、医療技術を伸ばして行こう。

丁度そんな考えをしていた所だった。

《小糸と小滝》

「姉様、何だっぺ？　大納言様って、少しおかしくねぇべか？」

「んだな、私達なんか信用しちゃって馬鹿なのか、お人好しなんじゃねぇのけ？」

「……ね、私達、山働きで色黒いから町に出ると馬鹿にされてたのに」

「しゃ〜んねぇべ。愛の方様が私達がよかっぺって言うんだから」

「でも、私、大納言様なら良いかな〜なんかわかんねぇ〜けど温かい心を持ってそう」

「ただのでれすけかもしんねぇべ」

「姉様、流石にそれが耳に入ったら」

「んなことはわかってる。でれすけならでれすけで、虜《とりこ》にしちまうべ」

「姉様、腹黒さ隠しててくんちぇ」

◇◆◇◆◇

翌朝何事もなかったかのように、悪寒は消え体調もすこぶる良く、流石に三日目の温泉だけともなると飽きては来る。

そこで近くを散策したいと言うと、1000からなる兵士が集められてしまった。

五浦《いづら》城から呼び寄せた、うちの兵士600と鬼庭綱元《おににわつなもと》の兵士だ。

それは仕方がないが、甲冑《かっちゅう》の必要はあるのだろうか？

戦場でもないのに。

俺は平服で帯刀して、馬に乗る。

向かいたい寺がある。

史実歴史時代線では、国宝の白水阿弥陀堂《しらみずあみだどう》だ。

泊まっている宿屋からは馬でなら二時間もしない距離にある。

峠道を進むと山間に開けた場所に出る。

浄土式庭園と呼ばれる庭を持つ阿弥陀堂は、平泉で有名な奥州藤原《ふじわら》氏の藤原清衡《ふじわらのきよひら》の娘が建てさせた阿弥陀堂で、四方を山に囲まれた地に極楽浄土を模したと言われる庭がある。

全盛期よりは縮小されているらしいが、それでも美しい庭だ。

阿弥陀堂の中には壁画が描かれているが、劣化が激しい。

平成ではよくよく見てもわからないほどであったのだが、今なら幾分見える。

阿弥陀堂にお参りをし入り口の階段に腰を下ろし、庭園と山々を心静かに見渡す。

「綱元、内政干渉になってしまうが、この白水阿弥陀堂を保護してはくれぬか？　寺社領を与えるのと、この阿弥陀堂の修復保存を頼みたいのだが」

「はっ、仰せのままに」

「新しき文化にばかり目を向け、古き文化の継承を怠る国は滅びる」

「ごもっともにございます」

「政宗《まさむね》殿はそのあたりをよくご存じだろうから、いらぬ口出しかもしれぬがな」

伊達政宗、史実では目はイスパニアに向けられ異国の文化に興味津々の武将だが、多くの寺社仏閣に寄進し後世に残している。

大崎八幡宮《はちまんぐう》や、鹽竈《しおがま》神社、瑞巌寺《ずいがんじ》は有名だ。

大崎八幡宮の荘厳な色鮮やかな社殿には息を飲む。

アイスケートで何度も世界の頂点を極め、国民栄誉賞をもらった、あの選手も参拝している らしい。

お祓《はら》いを待つ待合室に写真とサインが飾られていた。

「いえいえ、伊達家の家訓に取り入れさせていただきたく」

「そう言ってもらえるとありがたい、今日はここでしばらく過ごしたい」

俺はそのまま、阿弥陀堂からの景色を堪能しながら心を落ち着けた。

池には桜の花びら、それを食べる鴨《かも》たちの鳴き声が心地好く聞こえてくる。

まるで心が浄化される一時。

極楽浄土にはまだ行ったことないが、この心地好い空間が、もしかしたら本当に極楽浄土なのかもしれないなと、ふと思う。


『白水の　静寂の庭　散る桜花』


一句詠んでみたが出来はいまいちだった。

日が傾きだす前に宿に戻った。


「大納言様、阿弥陀堂えかったっぺか？」

「小糸達《こいとたち》も行けば良かったのに。寺社仏閣は心を洗うのに良いとこだよ」

「姉様にぴったりでした」

「ん？」

「小滝～いらない事言わない！」

「はいでした」

この姉妹なんか楽しいな。

「ねぇ～二人の家族は他には？」

「かか様と弟がおります」

「大納言様の側《そば》で働くことで、伊達家に取り立てていただけることになっているでした」

「なっている？」

「小滝、それ以上はやめなさい。大納言様に心配いただくことではございません」

「話したくないなら聞かないけど、俺に出来ることなら力になるからね。うち領地は広いから、家族を雇う事だってやぶさかじゃないから。うち何気に仕事は多いし。女だって働き手になっているから歓迎するよ。弟だって学校に入れれば仕官の道もあるし、二人にだって茨城城に戻ったらしかるべき仕事に就いてもらうつもりだよ。ちゃんと給金出すから安心してね」

「……三春の地に戻りたいのが母の願いでした」

「小滝、だからもうやめなさい」

「小糸、ちょっと黙ってて。小滝、ちゃんと聞かせて」

「はいでした。私達は大納言様の御側《おそば》に仕えることで弟が三春に領地をいただけると伊達のお殿様がお約束くださいました。母も三春に住みたいと」

「あ～そう言うことか」

「小滝のお喋《しゃべ》り。いい加減にしなさい。大納言様はお気にすることではございません」

小糸と小滝はそれ以上語るのをやめてしまった。

お家の再興、その類いの話か。

俺にはわからない価値観だが、お家を盛り立てるのは、この時代の武士の家なら誰もが願う欲望の一つ。

そうやって教え込まれて育っているのだろうから。

なにか力にはなってあげたいけど。


四日目にして、お供を連れた50人ほどの行列が宿の前に姿を見せる。

おっ！　伊達政宗到着か？　と、二階からこっそりと見ていたら、駕籠《かご》から出てきたのは、オバサンだった。

ん？

「母上様、なぜここに？」

迎えにでた政道《まさみち》。

どうやら伊達輝宗《てるむね》の正妻で、最上義光《もがみよしあき》が妹、義《よし》様みたいだ。

「政道、健在で何よりです。米沢《よねざわ》から急いで参りました。常陸《ひたち》大納言様にお目通りを」

「母上様、無茶をして」

と、聞こえる。

俺は身なりを整える。

「御大将、申し訳ございません。母が会いたいと来てしまいましたが、よろしいでしょうか？」

「あぁ、構わない。会おう」

義様が待っている部屋に行くと、岩○志麻さんのように目力の強そうなキリリとした横顔が見える熟女が座ってひれ伏していた。

「伊達輝宗が妻、最上義光が妹、義と申します。拝顔の栄誉を賜りまして、まことにありがとうございます。政道が世話になっているというのに挨拶が遅れて申し訳なきことで」

「黒坂《くろさか》常陸です。どうぞ面を上げて楽にしてください」

「失礼して」

顔を上げる義様。

「政道にはむしろ世話になっておりますよ。とても熱心に働いてくれる。近々、城を与える手はず。伊達家と黒坂家の橋渡し役になってもらえるよう期待してます」

「我が息子が常陸大納言様に誉められるとは嬉《うれ》しきことです」

「お世辞ではなく、本当に良い家臣です。仕事が兎《と》に角《かく》速い」

「ありがとうございます。伊達家との仲が深まりますなら働きに出して良かったと言うもの、しかしながら言上つかまつります。最上もどうか最上家もよろしくお願いします」

「ん？　最上家？　あっ！　政道、義康《よしやす》を呼んであげて」

「はっ、すぐに」

「え？　義康？」

この湯本では護衛の兵士の纏《まと》め役《やく》を真壁氏幹《まかべうじもと》としている最上義康が入ってくる。

「叔母上様どうしてここに？」

「常陸大納言様にご挨拶をと思って来たのですが、義康殿のほうこそなぜここに？」

「つい先日、父上様の命により常陸大納言様の小姓となりましてございます」

「流石《さすが》に兄上様、抜け目がないことで、ほほほほほほっ」

義様は何かを察したのか笑っていた。

「義康が最上との橋渡し役、最上を蔑《ないがし》ろにはしていませんよ。って言ってもどこかの家に肩入れすることはないですから、あまり期待しないでください。真田《さなだ》も前田《まえだ》も、うちの家臣で良い働きをしてくれていますが、信長《のぶなが》様に加増を頼んだりとか本家と同盟を結んだりとかしていません。もしも、幕府に弓引くなら、遠慮なく叩《たた》きます」

俺が言うと、

「幕府に弓引くなど思ってもいないこと。伊達《だて》も最上も多くの領地をいただいた以上、幕府を盛り立てていく所存。伊達、最上をいついつまでもよろしくお願いいたします。是非次は最上領内も案内いたしたく、その時は私に申し付けてください」

「最上家には西の海その守りの要、そして、京と蝦夷地《えぞち》を行き交う船の中継地として港作りをしてもらいたいから、いずれは検分巡察には行きたいかな」

「その様なお考えがあるのでございますね。兄義光にしかと伝えさせていただきます」

「御大将、各大名への指示は幕府を通してからが望ましきかと」

「宗矩《むねのり》、確かにそうだね。幕府に、西の海、日本海海防の命を最上と上杉《うえすぎ》そして、柴田《しばた》勝家《かついえ》と前田利家《としいえ》、佐々成政《さっさなりまさ》に出すよう意見書を出すよ」

江戸時代は北前船として発展する海の道、それをさらに発展させ、港を城塞としたい。うちでしている、鹿島城や五浦城のように。

「では、最上の港の件は小耳に挟んだ程度として伝えさせていただきます」

伊達政宗を暗殺しようとしたこの人物は二つの家の存続を強く願う人物。

だからこそ、史実歴史時代線では、関白豊臣秀吉《とよとみひでよし》に睨《にら》まれまいと、関白の惣無事令《そうぶじれい》に従わず蘆名《あしな》を攻め滅ぼし、怒りを買っていた実子である政宗を暗殺しようとした。

最上と伊達を思っての行動。

この時代の結婚、そして家を守ろうとする心を改めて大変なものだと感じる。

この日の夕飯には、義様が自ら仕留めた雉《きじ》を使った雉肉汁が出された。

伊達政宗が好物にして、毒を入れられたとする料理なのだが、もちろん毒なし。

歯ごたえのしっかりある雉肉の団子の入った汁は、出汁《だし》がよく出ていて大変美味《うま》かった。

伊達政宗が好物にするのがよくわかる。

桜子《さくらこ》達もたまに作ってくれるが、年月という経験の出汁が深みを出しているようだ。

「我が夫も兄上も大納言様の御料理を殊の外褒めており、料理の鬼才などとささやかれているのに恥ずかしい限りで」

「いや、なかなかどうして。良い出汁の利いた雉汁で大変美味《おい》しいですよ。臭みも全くないし、脂の加減も丁度良い。これ、美味しいですよ。ん～うちの料理を任せている桜子達に習わせたいくらい」

「まぁ～お上手です事」

「しかも自分で仕留められるのですよね？　お強い」

「女子といえども、戦場に出ても恥ずかしくないよう鍛錬はしているつもりでございます」

「母上は、鍛錬のし過ぎです」

大河ドラマで見たあの恐ろしい雉汁は大変美味だった。

鍛錬し過ぎている女子、うっ、うちのお初《はつ》達もこんな貫禄《かんろく》あるおば様に成長していくのだろうか？

大坂の陣で女の戦いをする三姉妹は俺が作るこの歴史線では武道を極めている。

史実よりパワーアップしている浅井《あざい》三姉妹。将来間違いなく尻に敷かれそう。

ちょっと不安がよぎった。

次の日には義様は料理を振る舞えたことに満足し長居をしては俺の湯治の邪魔になると、いそいそと帰っていった。

帰り際に、出羽三山神社で祈禱《きとう》してもらったと言う水晶の数珠をくれた。

確かに清いすがすがしい気を感じる数珠を俺はありがたく受け取る。

「羽黒山かぁ～出羽《でわ》三山久々に行きたいなぁ」

そう呟《つぶや》くと、宗矩が許すものかと鬼の形相になっていた。

「宗矩、そう恐《こわ》い顔をするなって。お忍びでは行かないから」

「本当でございましょうね？　御大将は時たま予想を上回ることを致しますから。お初の方様に厳しく言われております。しかと見張っておけと」

「うん、わかったから」

お初、お前は何を危惧しているんだ？

義様が帰った後、一っ風呂浸《つ》かっている。

小糸と小滝《こたき》もお世話をすると言って付いてくるので、湯あみを着ることで同浴を許可した。

二人を洗い場に座らせておくには、まだ肌寒い季節、風邪をひかれるのも嫌なので、入浴してもらう。

しばらく、のんびりと湯に体を溶け込ませている。

春風と鶯《うぐいす》の鳴き声を聞きながら。

『佐波古の湯　鶯が声　心地よき』

また一句を詠む。

やはり俳句の方が詠みやすいなどと自画自賛していると、

ガラッ

突如引き戸が開いた。

慌てて大きな盥《たらい》に入れて浮かべてある小太刀を手にし、そちらを向くと見慣れた顔がふくれっ面で仁王立ちをしていた。

「あ～マコ、やっぱり浮気してる～」

「はぁ!? うわっ、お江《ごう》、なんだよ、びっくりさせるなよ、焦った」

「姉上様達《たち》が、浮気するだろうから見てこいって言うから来たのに～やっぱり、舐《な》め舐めお化けは舐め舐めしていないといられないですか？」

「おっと、勘違いするな、この二人はまだ舐めてないぞ」

小糸《こいと》と小滝を見る。

「大納言様がおっしゃられるように、まだ夜伽《よとぎ》はしていません。っとに、でれすけ」

聞こえるから、聞こえているから、その小さな声で罵るのやめて。

「私も、まだお情けは貰《もら》っていませんでした」

お江は珍しくきつい目で二人を睨んでいる。

「落ち着け、お江、この者ら二人は……」

事の次第を説明する。

「そっか、桜子ちゃんたちと一緒か、うん、わかったよ。でも、二人とも出て、ここからは私の役目だから」

お江はその場で裸になる。

まあ、同衾《どうきん》すると言うか、子作りをする仲、関係のお江の裸だから見たことはあるが、昼日中にお天道様の下で見る美少女の裸は神々しく尊い。

お江は、軽く体を流して入ってきて俺のすぐそばに来て、右腕に抱き着いた。

「マコとお風呂、マコとお風呂、マコとお風呂久々〜」

喜んでいる。

のんびり入れていたのにと少し残念な気もあるが、いやいや、考え方次第では明らかにこちらの方が贅沢《ぜいたく》なのだろう。

右腕に伝わってくる、お江の柔肌の感触は名湯よりも良い感触なのだ。

久々なので、ムラムラ感が……。

「マコ〜こんなところで……」

しっぽりとしてしまった。

お江は側室・第六夫人なのだから問題はないのだが、お天道様の下と言うのが背徳感がありり萌《も》え燃えた。

お江は宗矩が送っている俺の様子の文を読んだ茶々《ちゃちゃ》が、俺が湯本でしばらく逗留《とうりゅう》するのを知って、身の回りの世話と浮気の監視をするように命じられて来たとのこと。

おそらくはお初が来たかったであろうが、茶々が身重な為《ため》、茶々の代理としての仕事と茨城城守衛奉行の役目を全うするため、お江を遣わせたのだろう。


「マコ～、綺麗《きれい》な顔立ちの姉妹だね」

「うん、そうだな」

「好みなんでしょ～？　たまに描いているよね？　日焼けした娘」

「……良いだろ。健康的で好きなんだよ」

「ふぅ～なら私も日焼けしようかな～」

「お江、やめておけ。お江はお江。そのままで良いんだから。それより無理に日焼けするとシミにシワの原因になるから気をつけろよ」

「うわ～……」


翌日、早朝、外が騒がしい。

「マコ、起きて、外、騒がしいから起きてって」

ゆすり起こすお江の声と馬の無数の足音で目が覚めた。

「何事、宗矩、外の様子は？」

隣の控えの間の宗矩はすでに外の様子を見ていたようで、

「問題ありません。伊達政宗《まさむね》様、御到着にございます」

外が見える戸を開けると紺色の下地に金色で描かれた竹に雀《すずめ》の家紋の旗指物がなびいているのが見えた。

鬼庭綱元《おにわつなもと》が走ってくる。

「常陸《ひたち》様、早朝にお騒がせして申し訳ございません。当主伊達政宗到着いたしました。昼夜を問わず馬を走らせてきたよし」

「そうか、ならまず湯に浸かってから、しばし休んでから挨拶に来るよう申せ」

「はっ、お心づかいありがとうございます」

伊達政宗、韋駄天《いだてん》の伊達と言われるだけある。

平成では伊達『だて』と呼ぶのが一般的だが、伊達政宗がバチカンに送った書状の署名にはIDATEの綴《つづ》りがあり、伊達『いだて』と呼んでいたと言われている。

仙台に知らせが届くとすぐに支度をして馬を走らせて来たとのこと。

二日で仙台から磐城《いわき》まで来たのだから疲れているはず。

政宗は風呂に入り、身なりを整え昼前に挨拶に出向いてきた。

紺碧《こんぺき》の藍色にカラフルな水玉模様の入った羽織を着ている。

「常陸様には、当領地に出向いていただき光栄の極みにございます」

「いやいやいやいや、ゆっくりさせていただいて、こちらこそ良い時を過ごせていますよ。それより、仙台から馬を走らせてお疲れでは?」

「なに、これしきの事、常陸様のお顔を見られたならば疲れなどと言う物は消え失《う》せます」

「御無理はなされるな、若いからと言って無理をすれば必ずやしっぺ返しが来ますから」

「はっ、心に留め置いておきます。手土産に陸奥《むつ》の砂金をと思ったのですが、その謂《いわ》れなき金品はお受けいただけないと聞き及んでおり、この御接待を手土産に。この宿、温泉、料理、女子は満足していただけましたか？」

「温泉、料理、宿は申し分なし。だが、女子はああいった扱い方は今後はしてくれるな。俺は確かに側室も何人もいる女子好きだが、売り買いは好まぬ。だから、うちでは売られている娘、行き場を失った子などを買ったり保護して城で働かせながら勉学や機織りなどを教え、働き手となるように教育保護しているのだ。今後は女子に織物や陶器・漆器・製紙・工芸細工品を学ばせ作らせれば異国に輸出が出来る品々が作れる。大切な働き手にしたいのだ」

「この政宗、思慮の浅きことをしてしまいました。お許しください」

「申し訳ございません。我が主《あるじ》に浅知恵を吹き込んだのはこの景綱《かげつな》、責めはこの景綱が」

後ろに控えていた片倉小十《かたくらこじゅうろう》郎景綱が言うが、まぁ見え透いた芝居だ。

「責めはせぬよ。今まではこれがいたって普通だったのだろうからね。それに鬼庭綱元が頭を丸めて謝ったこと。これ以上の謝罪はいらぬ。今までの戦乱の世ならこれが当たり前の事だったのかもしれぬが、考え、気持ち、そして、政策を考え直さねばならないとき。

それをわかってくれさえすれば良い。政宗殿、政宗殿も大国の主、これからは売られる女子供がなき国を作れるようお互い、励もうではないか？」

「はっ、いちいちごもっとも」

「小糸と小滝は俺が預かる。いや、家臣として雇おう。二人には弟を取り立てると約束をしたと聞いた。二人が俺の側室にならなくても、その約束は守ってもらいたい。二人への恩賞だと思ってくれ」

「はっ、この政宗に二言なし。両名の母親と弟には三春に屋敷を与え引っ越しをすぐに命じます。約束通り領地を与えます」

「そっか、それなら二人とも心配しなくて良いね？」

部屋の隅に控えている小糸と小滝に目をやると声を押し殺して嬉《うれ》し涙《なみだ》を流している様子だった。

この時代の者にとって、先祖伝来の地に一族が戻れる事はそれ程重要な事。

「政宗殿の領地ならば、開拓次第では米所になるはず。いや、宮城、福島、陸奥、磐城は間違いなく米所になった……なる、東の海に面したこの地は冬も雪は少なく、夏も暑すぎず住み良き地、お互い隣同士、協力し合って良き国を作りましょう。野心を捨て領民の為に働くことを約束するなら、うちの農業改革の知識を教えてあげましょうぞ」

「はっ、この政宗、常陸大納言様の家来と思って何でも申し付けてください。領民のため、お約束いたします」

「ははは、主は織田《おだ》家、それを間違っては困る」

「常陸大納言様には、二心は？」

「勘違いされるな。俺は確かに織田家の臣下にはなっていないが織田信長《のぶなが》様には一生涯協力をするつもりだ。この国を再び戦乱の国に貶《おとし》めようとする者あらば、ねじ伏せる。俺は日本国民皆が三食食べられ、ひもじい思いをせず、そしてどの国より富んだ国になるために織田信長と言う男に協力している。もしもがあっても、その道を進むなら信忠《のぶただ》様に協力するつもりだ」

　厳しい目で睨《にら》みつけながら言う。

「政宗の戯言《たわごと》と思ってお許しください」

「政宗殿、政宗殿はお若い。だからこそ野心があるのは当然だが、狭き日本の国内にその野心を向けるのではなく海の外に向けたらいかがか？」

「海の外、父にも言われました」

「海の外には、日本より大きな大地が広がる。その地を目指すのです。信長様はすでに海の外に出られた。政宗殿が希望するなら信長様の艦隊に乗船できるよう推挙しますよ」

「ぜひ、行きたいものです」

「だったら、世継ぎを作り領国の治世を盤石なものにいたしてください」

「かしこまりました」

「政宗殿は海運の有用性に目を付けられたのでしょ？　港の開発を耳にした」

「はっ、あの戦いでの船の活躍は今後の世を変えるものと実感いたしました。その為、小名浜、相馬、仙台、などを開発しております。これは決して幕府へ弓引く備えではございません。それを見ていただきたいのですが」

「ん、折を見て検分させていただく。ただ一つ良いかな？」

「はっ」

「海に町は作られるな。いや、低い地と申した方が良いな。町は多少の不便があろうと高台が良い」

「大阪を真似《まね》よとの意味ですか？」

「信長様に大阪開発の提案したのも俺なんだけどね。あれ、津波対策なんだよ。大阪はそんなに切羽詰まっていないけど、三陸から我が常陸は違う。約20年後大津波が襲う」

1608年、1611年、1616年と立て続けに地震と津波が襲う。

日付まではうろ覚えだが、発生年は2011年3月11日、東日本大震災のあと勉強をして覚えている。

「噂《うわさ》名高き陰陽道のお力？」

「陰陽道の占いの力と言っておこう。信じる信じないはあなた次第！　政宗殿次第、しかし、俺を信じるなら、その事を頭に置いて街作りをして欲しい」

「この片倉小十郎景綱、大殿より大納言様の御言葉《おことば》は聞き逃す事なきよう申し付かっております。全ての先を見通している目を持っていると。我が殿が信じなくても私が信じます」

片倉景綱に続いて、伊達《だて》政道《まさみち》が口を開いた。

「兄上様、御大将のお言葉は嘘《うそ》や戯《ざ》れ言《ごと》、そして陥れようとする言葉ではございません。全て領民のための言葉、そしてお力は本物、側《そば》で仕えてきて心底感じた事」

「こらこら、二人とも早合点いたすな。儂《わし》とて近江《おうみ》の地震の噂は耳にしておる。さようですか、津波で……」

「リアス式海岸の三陸は波が高くなりやすい。多くの領民の命を預かる者として、防災、減災を常に考えた街作りをして欲しい」

「りあすしき？　あの入り江の数々を常陸様はそう呼ぶのですね」

「呼び方はどうでも良いのだけどね。あの美しい景観は時に凶器になる。幾度も津波に襲われているはずだから村々には伝承は残っているはず。それを大切にして町の発展に取り入れて欲しい」

「はっ、この政宗肝に刻みます」


この日、伊達政宗と語り明かして飲みふけった。

地震の簡単なメカニズムの説明と、津波がどの様にして起こるかを織田信長に説明したように話したり、日本がいかにちっぽけな国で、世界がどれだけ広いのかをざっくりとした世界地図を描いて説明していると、政宗は熱心に聞き入っていた。

この男の野望を国内から世界に向けさせるために俺は懇々と話した。

政宗はその話に目を輝かせて聞き入っていた。

次の日、約束の一週間、最後の朝を迎えた。

伊達政宗と飲みながら語り明かしたが、記憶もなくなることもなく二日酔いもなく、いつも通りに目が覚めたので、最後の湯本温泉、佐波古の湯を楽しんだ。

湯を出れば朝食が用意されている。

政宗と一緒に朝食か？っと、思ったが、鬼庭綱元が政宗は具合が悪いと言う。

うん、二日酔いだね。

伊達政宗は驚くほど酒の失敗談があるのを実は知っているが、具合が悪いと言うのを聞き直すような無粋はしない。

それほど、一緒に楽しいひと時を過ごしたのだから。

朝食を食べ身なりを整え、宿を出ようとするときに政宗が出てきた。

「常陸様、申し訳ありません」

頭に手を当てて痛そうにしている。

「ははは、やっぱり二日酔い？　気をつけなよ。酒は楽しんで飲める程度に、それと政宗殿、煙草《たばこ》は嗜《たしな》まれるな」

「えっと、どういう事でしょうか？　煙草は薬では？」

「政宗殿、政宗殿だからこそ言うが、俺の陰陽の力で見える政宗殿の食道と言う胃の腑《ふ》の上に黒い影が見えます。少しでもその影を消したいなら煙草は吸われるな」

伊達政宗、史実歴史時間線では死因は食道癌《がん》と推定されている。

煙草はこの時代に渡来し、薬として嗜まれるようになるのだが、伊達政宗《まさむね》もその愛好者の一人なのだ。

伊達政宗、晩年の様子の記述は事細かく残っており、その症状から食道、もしくは胃の癌が推定されている。

だからこそ、今のうちから注意しておく。

「はっ、常陸様の仰《おつしや》られることなら、この政宗、大好きな『ずんだ』さえ断ちます」

「いや、ずんだはむしろ健康に良いから食べ続けて良いけど酒はほどほど、煙草は吸わない、それをお勧めする」

「はい、かしこまって候」

「ははは、政宗殿、俺はあなたが好きだ。だから良い友人になっていただきたい。同盟などとは言わない。友人だ」

「もったいなきお言葉。この政宗で良ければいついつまでも」

俺は政宗と握手をする。

大きく武骨な手は武人の鍛えられた手であった。

「そうだ、大切なことを一つ。この磐城には地中に良きものが眠っている。それは木材、薪《まき》に代わる石炭と呼ぶ黒く光る石、それはよく燃える。いずれ石炭は重宝される時が来る。

その日が必ず来るからゆっくりと採掘を試みてください」

「石炭と申す黒き石ですか？　わかりました。すぐに取り掛かります」

「いや、結構、地中深いから落盤やら事故やらあるから注意して」

「なに、陸前の金堀衆がおりますから」

「そっか、金山が盛んなんだよね奥州は。出来れば、その金堀衆うちにも紹介してくれないかな？　銅と石炭採掘をしたいから」

常磐《じょうばん》炭鉱と言えば磐城《いわき》が真っ先に思いつくだろうが実は茨城でも採掘されていた。

北茨城市の山間部が有名。

その他、茨城には銅山もある。

採掘を始めて、産業革命に役立てたい。

「すぐに手配いたして政道のもとに送ります。政道、しっかりと常陸《ひたち》様のお役に立てるよう励むのだぞ」

控えていた弟の伊達政道に言う政宗。

「勿論《もちろん》にございます。兄上様」

「風呂で背中を流すくらいせい」

「うん、それは遠慮するから」

風呂に男同士で入るってのよりは、お江《ごう》と入った方が良い。

「では、それがしが次の機会に洗わせていただきます」

「良いから、政宗殿のその無骨な手で洗われたら背中の皮めくれてしまいそうだよ」

「手加減いたしますぞ」

うん、桜子《さくらこ》達《たち》がヘチマたわしで洗ってくれるが、それも痛いのに……。

「マコ〜、早くしないと夕方になっちゃうよ」

お江が馬をくるりとこちらに向けて言う。

「あぁ、そうだな。では、世話になった。またいずれ」

そう言って俺は再び五浦《いづら》城に戻り、南蛮型鉄甲船に乗船し帰路に就いた。

湯本温泉、良い湯だったなぁ。

未来のハワイアンリゾート施設のワイワイ感も良かったが、しっぽりと湯治するのにも良い湯だ。

次は茶々《ちゃちゃ》達を連れて来よう。

そう思いながら鹿島城に翌日に入港した。

《お江と小糸《こいと》と小滝《こたき》》

「ねぇねぇ、二人ともマコには言いづらいだろうから聞いておくけど、住み慣れた土地離れることになるけど大丈夫？」

「え？　大丈夫とは？」

「嫌なら嫌だって正直に言って、私からマコに頼んであげるから、何なら伯父上様の名、使うし」

「……磐城を離れる、伊達のお方様に命じられたときにすでに覚悟しています」

「小糸ちゃん、だからそれを今ならまだ覆せるって話、マコに頼んであげるし、マコもそれを望んでいると思うよ。側室の私がどうしても他の側室を許さないって事にしちゃえば角が立たずに二人は帰れるもん。これでも織田《おだ》信長の姪《めい》、私が言えば丸く収まることもあるんだから」

「私は物乞いじゃないわ！　働きの見返りに弟の仕官が叶《かな》い三春に母様も帰れる今、ちゃんと課せられた働きをするわよ」

「姉様、言い方。私は……あの方が御主人様なら御側《おそば》で働きたいでした」

「え？　小滝？」

「姉様は嫌でした？」

「変わっていてわからないの。でれすけかと思えば、そうではないみたいだし」

「私、でれすけには思えないでした」

「小滝はまだまだ子供なのよ」

「姉様、私だってもう女のつもりでした」

「『でれすけ』って言葉がわからないけど、マコはねぇ～女の子にはすっごい優しいから、その不安だけはしなくて良いと思うよ。そっか～小滝ちゃんはマコの事気に入ったかぁ～。

それと小糸ちゃん、失礼言ったことは謝るね。御免なさい」

「そんなとんでもない。私も口が過ぎました。お許しください」

「お江の方様、そんな気に入ったなんて恐れおおいでした」

「マコは自分の本音を言わない女の子の方が嫌いだから、今みたいに本音を見せると良いよ。そっか～側室、増えるか～」


私は、弟への領地の念押しをしてくれた大納言様へ恩返しをしたいと密《ひそ》かに思っていました。


姉様とは少々違います。

姉様は身を差し出す覚悟を持って来た意地があるのでしょうけれど。

山暮らしも好きでしたが、一族が先祖代々の土地に戻れるなんて夢でしたから。

それを大納言様は伊達の御殿様《おとのさま》に念押しをしてくれた。

それがとてもとても嬉《うれ》しかったでした。


大型の船に驚愕《きょうがく》でした。

こんな城のような船が海を走る。

私は大変興奮をしたけど、姉様は酔ってしまって、大失態。

大納言様のお召し物を汚してしまったのに、大納言様もお江の方様も怒らず優しく介抱してくれました。

お二人が不思議でなりません。

「姉様、大丈夫でした？」

「う～なんなのよ、もうぅうっ」

「お二人優しいです」

「本当あんなお人好しが織田家の鬼の軍師なの？　うっ」

「伊達《だて》のお殿様も恐れていると聞きました」

「不思議すぎるわよ。うっ、気持ち悪い」

「姉様、これ飲んで少し静かに寝てください」

「眠りの薬草ね。もう私は眠らせてもらうわ」

姉様はそう言うと無理矢理口に流し込んで寝てしまった。

「あっ、もう着くけど小糸は寝ちゃった？」

「大納言様、姉様のこと今起こすでした」

「良いって、船旅キツかったみたいだし、お江、輿《こし》用意出来る？」

「うん、私の乗らないのあるよ」

「小糸をこのまま乗せてあげるから手伝って」

「えぇぇぇ、下女の分際で輿なんて恐れおおいでした」

「良いんだって。ほら、まだ顔色が悪いからそのまま乗せて運ぶから」

大納言様は家臣達の手を借りながらも自ら姉様を輿に運んでくれた。

茨城城と言う、とんでもなく巨大な城に入城すると、私達にはもったいないような畳敷きの部屋を使うように言われた。

襖《ふすま》は淡い緑の花、春蘭《しゅんらん》が咲き誇る林が描かれ落ち着いているのに華やかと言う部屋、姉様は布団に寝かされると、

「今日は疲れただろうから今日明日は休みね。飯はあとから運ばせるし、風呂も案内させるからゆっくり休んで」

「申し訳ございませんでした。私達のためにこんなにしてもらって申し訳ないでした」

「良いって事。それになんとも日焼けした美少女の匂いを背中から感じられて幸せ、うわっお江、聞いていたのか！」

「マコ～変態～」

「良いだろ、運んできた役得」

「ほら、行くよ」

「痛い痛い耳を引っ張るな。お初《はつ》に似てきたぞ、お江！」

二人はご自身の住む御殿の方に行ってしまわれた。

その夜、夕食に珍しい大層豪勢な膳と、姉様用にお粥《かゆ》が運ばれてきた。

私が先に食事をしていると匂いで目を覚ました姉様、

「う～よく寝た。流石《さすが》父上様直伝の眠り薬よねってうわっ、ここどこ？」

「姉様、大納言様の居城、茨城城でした」

「なんなのよ、この春の野山のような部屋は！」

「なんでも空いているから、ここを部屋にして良いって言っておられました」

「畳敷きの部屋よ、私達が使って良いはずないでしょ！　広いし、豪華」

「ですが、大納言様が直々に姉様を担いでこの部屋にでした」

「はぁ？　なんで？　なんで家臣にさせないの？」

「ん～なんででしょ？」

「やっぱりあの大納言様、可笑《おか》しいわよって小滝、何食べてるの？」

「からあげとは、言っていましたが鳥の肉のような？　美味《おい》しいでした」

「私の分は？」

「粥を用意していただけたので、今、火鉢で温めますでした」

「白米の粥、はぁ？　良いのこんなの？」

銀色に輝く混ざり物のない粥は私達にはそれだけでご馳走《ちそう》。

付け合わせに珍しい白い小魚が大根おろしと共に小鉢に入っているでした。

私用のご飯も綺麗《きれい》な白米がおひついっぱいに入っていたのは、姉様には内緒。

寝ている間にみんな食べてしまったから。

「姉様、風呂も好きに使えと。それと、お江の方様が着ておられた不思議な服と、慣れないだろうからと着物まで用意してくれました。好きな方を着ろと」

「下女の私達にって一体何考えてるのよ、あの殿様は～馬鹿なんじゃないの」

「姉様、口が悪いでした」

姉様、本当に口が悪い。

気をつけないと無礼討ちになってしまいそうで恐《こわ》いです。

第五章　子孫繁栄

茨城城に戻ると桃子《ももこ》と梅子《うめこ》が出迎えてくれた。

「御主人様、お帰りなさいです」

「ただいま、お土産に小名浜の魚の干物を買ってきたからね」

「うわぁ～ありがとうございます」

桃子に磐城《いわき》で買ってきた干物を渡すと、

「やっぱり海の魚の方が好きなんですね」

少し残念そうに呟《つぶや》いていた。

桃子は淡水魚の方が好きだよね、口に出して言わないけど気が付いているよ。

「ん？　お初と桜子は学校かな？」

茶々は身重だからわかるが、お初と桜子がいない。

先に早馬で小糸と小滝の情報を聞いたお初が激怒して、どこからか狙撃でもしてくるのでは？　と、少々不安になり、あたりを見回すがその気配はない。

出迎えてくれた二人に、

「お初と桜子は？」

聞くと、にこやかな微笑《ほほえ》みだけが返ってきた。

お江《ごう》の方を向けば、わざとらしく口笛を吹きごまかしている。

「何があったの？」

「御主人様、二人は休んでおられます」

ん？　休んでいる？　具合が悪いのか？　でも、何となく嬉しそうな？

「あ！」

急いで御殿に向かうと、囲炉裏《いろり》を囲んで三人は白湯《さゆ》を飲みながらくつろいでいた。

「ただいま帰った」

「お帰りなさいませ。出迎えもせずに、すみません」

茶々《ちゃちゃ》がお腹《なか》をさすりながら言う。

「うん、それはわかっているから良いよ、体を大切にしてくれよ」

茶々はどうも悪阻《つわり》が酷《ひど》くて辛《つら》そう。

茶々の隣に座りお腹を撫《な》でると、お初が茶々との間に、桜子《さくらこ》は左隣に座ってくる。

「二人はどうした？　具合が悪いと聞いたけど大丈夫なのか？」

聞くと二人は笑いながら俺の手をとり、それぞれのお腹に当てる。

「真琴《まこと》様、出来たのよ」

満面の笑みを見せて言うお初。

「御主人様、お腹にやや子が」

桜子は恥ずかしいのか下を向きながらボソリと言った。

「へ？　ぬほっ」

思わず間抜けな声が出てしまう。

「え？　え！　二人いっぺんにってか、三人の子の父親！　うわわわわわわわわわわっ、くぅーすげーめっちゃ嬉しいんだけど」

「真琴様、少し落ち着いて」

茶々がいつものように茶を点《た》ててくれた。

それを一気に飲み干す。

「あっちあっちあちーーー……そっか、一気に三人の子供の親になるのか、嬉しい、こんな嬉しいことはないよ、体、大切にしてくれよ」

「はい、わかっておりますが、真琴様の身の回りを世話する者が減ります。そこで、すでにお江からは手紙が先に来ていますが、小糸《こいと》と小滝《こたき》なる者をおそば近くに置かれては？」

「え？　側室？　断ったんだよ。連れて帰ってきたから学校の方に入れようかと思っていたけど」

「私達《たち》の御役目《おやくめ》がお江、梅子、桃子が代役になりますのでさらに忙しくなります。身の回りを世話する者がいなくなりますので」

「真琴様、勘違いしないでよ。側室じゃなくて御側《おそば》係よ。近くにいる女の子にやたらめったら手出しするんじゃないわよ」

お初が厳しい口調で言ってきた。

「だから、手出ししてないから、勘違いするな」

「どうだか？　また舐《な》めまくったんじゃないの？」

「してないから」

お江が部屋に入ってきていつものように俺の後ろから手を回して抱きついてきた。

「姉上様、私が見ていた限りでは大丈夫でしたよ。マコは私の事、お風呂で舐め回してたけど、くつぐったいくつぐったい」

「ゲホゲホゲホ、だからそういう事は言うなって」

額に変な汗が吹き出てきた。

「茶々が、そう言うなら任せるよ。ただ、側室は増やす気は今の所はないからね」

「はい、わかっております。身の回りを世話する者の話をしているだけですよ。その間に相応《ふさわ》しいか私が見極めますが。御側で働く者を学校の者にしない事が重要かと」

「あ〜、せっかく学校の子、手出ししていないのに一人でも側室になれば噂《うわさ》が真実になっちゃうってことか。手を付けなくても常に側で働いていると噂が出ちゃうもんね。確かにそれは大切だね」

学校の生徒、巷《ちまた》では俺が次々に抱くために集められたとささやかれているが、一切手出しはしていない。

可愛《かわい》らしい制服は着せて愛《め》でる楽しみはしているが、手は出していない。

お尻だって胸だって触っていない。

セクハラには気をつけているつもりだ。

一人でも抱いてしまえば、噂が真実に変わってしまう。

それは避けたい。

学校で生徒に手を出す教師など下の下の者。

もし、真剣に好いた惚《ほ》れたなら、卒業してから真面目に付き合うべきだしって、今はその話ではなくて。

兎《と》に角《かく》、俺は手出ししては駄目。

崇高なる目的も、一つの汚点で崩れ去ってしまう。

磐城から連れて帰ってきた小糸と小滝は俺の身の回りの事をする係に茶々が命じた。


年内には三人の子の父親か、孫の顔、親父《おやじ》達に見せてやりたいな。

そんな事を思いながら三人のお腹を優しく撫でた。

悪阻が酷い茶々に反して、お初と桜子は悪阻もなく、お腹も目立たなかったが、産み月はほぼ近いだろうと薬師から聞かされた。


茨城城に帰ってきてから毎日毎日、茶々達のお腹をさすっている生活を送っているわけではなく、仕事はちゃんとしている。

ほとんどが執務で力丸《りきまる》達がまとめた書類に目を通して、決済の署名と判を押すのが仕事ではあるのだが、やはり大きな金額の確認も必要となってきている。

当然だ、領主なのだから。

暗算では流石《さすが》に厳しくなる桁数の数字。

いまだに動き続けてくれている耐衝撃型スマートフォンの電卓アプリを使っているのだが、電池の消耗は激しく長くは使ってはいられない。

そこに左甚五郎《ひだりじんごろう》に頼んでいた算盤《そろばん》が届いた。

学校で導入する予定の算盤の試作品と、俺が使うだろうと細かな飾り細工が施された物。

算盤はもともと、戦国期には貿易が盛んとなり、商人が大陸伝来の算盤を使っているのは知っていたが俺が知っている物とは球数が違う。

俺が知っているのは5を数える球が1つ、で1の球が4つのタイプの物だ。

それをリクエストして左甚五郎に作らせたのだが、いらぬ細かな細工が施されている。

……。

算盤の枠に何人の美少女が彫られているのやら。

算盤にまでそのような細工は欲しいとは思っていなかったのだけれど、左甚五郎は完全に俺の欲しがるものは、そう言う物だと思い込んでいる。

算盤、猛将として有名な武将、前田利家《まえだとしいえ》が意外にも愛用している。

平成に現存する算盤が確か前田利家の算盤が一番古いとか、福岡藩藩士の物が古いとか話題にもなったし。

槍《やり》の又左《またざ》が算盤の又左になるのだから文武両道の人物、歌舞いているのは上辺だけで実は真面目君な気もする。

そうだ、算盤は確か高級品だから贈り物には悪くないかも、安土《あづち》に住んでいた頃は前田家には世話になったから、左甚五郎にもう一つ作ってもらって贈ろう。

俺が使うのではなく前田利家に贈り物だからと注意書きを書いて手紙で指示をする。

出来上がってきたのは、無難にも鶴と亀の彫刻と梅鉢の家紋の装飾が施された算盤だった。

左甚五郎作と言うだけの事はあって無駄に豪華な彫刻。

それを前田利家に送ると、案の定、気に入ってくれたらしく、返礼として朱塗雲龍文蒔《まき》絵《え》大小の刀が送られてきた。

御礼《おれい》の御礼になっている気がするが、これ以上何かを送るとスパイラルになりそうなので止《や》めておこう。

朱塗りの下地に金の雲龍蒔絵は傾奇者《かぶきもの》に相応しい派手な絢爛《けんらん》な拵《こしら》えの刀。

元値が釣り合わない気がするが受け取っておく。

床の間に飾るにはとても良い見た目だ。

しかし、左甚五郎は本当に器用だ。

ん〜この刀を掛ける刀立てに萌《も》え美少女の彫刻像を……うん、左甚五郎、今忙しいからやめておこう。

……吸血鬼、忍ちゃんに刀を持たせる像を想像してしまったが、今はやめておこう。

左甚五郎、やはり俺の家臣と言うのは才能の無駄遣いな気もするが、これからも楽しみだ。

これからの俺にとって、器用な家臣はなくてはならない存在になるのだから。

算盤は装飾なしで学校の生徒用や城で収支計算する者用に大量生産が始まる。

行き渡る数が揃《そろ》うと、御用商人を通して販売も始まった。

算盤は職人育成のため左甚五郎に任せてある『常陸国《ひたちのくに》黒坂《くろさか》家立土浦男子学校』の最初の商品として学校運営費を稼いでくれた。

黒字が出るほどに。

《前田利家と松《まつ》》

「松、また常陸様からなにやら届いたぞって、おおおおお、なんだこの豪勢な彫刻の算盤は？」

「まぁ～素晴らしい、これ、私が使わせていただきますわ」

「あっ、こら、それはずるいぞ」

「良いではありませんか、利家様には使い慣れた大陸伝来の物があるのですから。それより御礼を差し上げなければ」

「常陸様は何を好まれるのだ？　鷹《たか》などは好まぬと耳にしたし、あまり高い物も受け取らないのであろう？　また、蟹《かに》など送りたいが、流石に常陸の国ともなるとな」

「差し料などいかがでしょう？　刀剣はお好きでしてよ」

「そうなのか？」

「えぇ、いつぞや上杉《うえすぎ》様が贈られた刀をニヤニヤと眺めて手入れしているのを見ましたから」

「松は抜け目がないの、よし常陸様は派手好きと聞く、気に入っていたがあの大小を贈るとするか」

「それがよろしいかと」

◇◆◇◆◇

小糸と小滝に城の案内を兼ねて城の巡察をしていると、お供の女性から逃げ回っている千世《ちよ》が俺の足にしがみついてきた。

「うわっ、千世どうした？」

「大納言様申し訳ございません。千世を捕まえてください」

「え？」

「いやっ、叔母ちゃん苦い薬、飲まそうとする」

千世の顔を見ると顔が赤く、熱がありそう。抱き上げてみると案の定、熱かった。

「いや〜〜常陸様放して〜」

「これ、千世、大殿様にご迷惑、お止めなさい」

下女にしては千世に対して厳しい口調だな？

「えっと、あなたは？」

そう聞くと、片膝を突いて、

「申し遅れまして申し訳ございません。前田慶次《けいじ》が妻、安子《やすこ》と申します。千世に風邪薬を飲まそうといたしたら逃げ回ってしまい、こちらの城まで、本当に申し訳ないことで」

「千世〜風邪は万病の元、こんな所まで走り回って逃げてきては駄目。松様だったら捕まえたら尻叩《たた》きだぞ！」

「母上様、恐《こわ》い……でも苦い薬いやっ」

プイッと顔を背けた。

後ろで聞いていた小滝が、

「あの〜よろしかったら、幼子でも飲める苦くない熱冷ましも出来ますがでした」

「え？　そう？　なら頼もうかな、千世、ほら苦くないの作ってくれるって言うから」

「甘くないといや」

「大納言様、甘草を入れるので甘みはありますが」

「千世、甘いって。ほら、風邪薬ちゃんと飲むなら、お菓子またあげるから」

「むむむむ、常陸様のお菓子、約束だよ」

「あぁ、約束、ほら、ちゃんと叔母上の言うこと聞いて。はい、安子殿」

「本当に申し訳ありません。大殿様のお手を煩わせて」

「ははははは っ、良いんだよ。千世はいずれ家族になるかもしれないんだしね。小糸《こいと》、小滝《こたき》、薬任せて良いね？」

「はいでした」

「小さな子のわがままにも優しい、本当でれすけ？」

「姉様！」

「あっ！」

「はははははっ、でれすけじゃないよ。子供はみんな苦い薬なんて嫌だもん。俺だって幼い頃、熱冷ましだって御祖母様《おばあさま》に黒焦げの得体の知れない物を飲まされたことあるけど、あれ嫌だったなぁ。先祖伝来の熱冷ましで本当に効いたけど」

「常陸様もお薬嫌いだったの？」

「そうだよ千世、でもな、風邪を馬鹿にしてたら魔が忍び寄ってきて魂を食らってしまうんだぞ！」

怖がらせるように言うと、千世は頬をぷっくり膨らませて、

「私、恐くないもん、帰る」

安子は深々と頭を下げて土浦城の方へ帰って行った。

小糸と小滝が作ってくれた風邪薬は苦みがなく、ちゃんと千世も飲んだそうだ。

一週間もすると元気な姿で茨城城をちょろちょろ走り回っていたので、千世の好きなバームクーヘンを梅子《うめこ》に頼んだ。

バームクーヘンを多く作ってもらい、千世の薬の御礼代わりに小糸と小滝にあげると、二人はびっくりするほど喜んでくれた。

「これが噂《うわさ》の菓子大納言の味！」

「ほっぺたが落ちてしまうかと思ったでした」

◇◆◇◆◇

俺の直属の家臣、国友茂光《くにともしげみつ》が50人ほど引き連れて登城してきた。

「殿様、御用命の陶芸師と竈《かまど》職人を集めましたぜ」

「おっ、御苦労様」

広間に集められた者達《たち》はひれ伏している。

「皆、今日から俺の家臣、よろしく頼む。それとこれからは俺の仕事を手伝ってくれる仲間、あまりかしこまらずに礼儀作法は気にせず接してくれ。大きな仕事、長く続く仕事になる。そのように縮こまれられたら仕事場も気にせず見に行けないし、命じることも出来ないからね」

「はっ、はぁ〜。常陸大納言様の家臣になれて光栄にございます。何を作れば宜《よろ》しいのですか？　茶器？　皿？　瓶？　香炉？」

陶芸師をまとめる長齢の人物が聞いてくる。

「作って欲しいのは煉瓦《れんが》だ」

「れんが？　すみません。不勉強で知りません」

煉瓦を説明する。

長方形の四角いだけの塊に不満の顔をする。

「すまないな、単純な形の物なのだが求めている物には熟練の技術が必要なんだ。この煉瓦を積み重ねて巨大なたたらを作る。高温に耐えうる物でなくてはならない」

「たたら？　鉄ですか？」

「そうだ、新たな製鉄方法、反射炉と言う。これからの時代は大規模な製鉄が必要なんだ」

「竈を作る要領で作れなくはありませんが、その高温に耐えうる物となると土が重要で、そこから探さなければ」

「それは心配はいらないよ。すでに俺の陰陽の力で、その土がある地は占ってある。那須郡小砂《こいさご》村だ」

もちろん、陰陽道ではない。

茨城県ひたちなか市にある反射炉の資料で学んだこと。

中学時代、校外学習で学んだ知識を覚えている。

幕末の反射炉と言えばどうしても、『韮山《にらやま》』の反射炉が有名だが、水戸《みと》藩も大砲製造のために作っている。

ひたちなか市には、その復元反射炉が平成時代にはあった。

水戸藩、水戸黄門だけじゃないんだかんね。

「なっ、なんと、あの有名な常陸大納言様の陰陽道、それに関わる仕事を我々が出来るのですか？　これは末代までの栄誉、有り難きこと、常陸大納言様が御所望の反射炉、しっかり作らせていただきます」

「これは、常陸だけでなく日本国、さらには世界を変えうる大事業、頼んだぞ」

俺が考えているのは大規模製鉄、その為《ため》には反射炉が必要で反射炉を造るためには耐熱煉瓦が必要、耐熱煉瓦に適した土は幸い俺の領地、更には燃料になる石炭も常陸には豊富に埋蔵されている。

常陸には銅山もあるが、先《ま》ずは製鉄から開始する。

大航海時代に乗り出してしまった織田信長《おだのぶなが》を支えるための製鉄だ。

漕《こ》ぎ出した新たな時代に勝つためには大量の鉄が必要なんだ。

集められた職人の給与、年収を平成のお金で約４００万円になるよう森力丸《もりりきまる》に調整してもらい、立場も俺の直臣足軽と同じ地位ということにした。

力丸が言うにはかなりの好待遇らしい。

集められた職人を先に帰し、国友茂光と場を茶室に移して、桃子《ももこ》に茶を点《た》ててもらいながら一枚の設計図を差し出す。

「とととととと、殿様、何ですかこの銃は」

「連発式の銃だ。結構難しい仕事になると思うけど、内密に始めて欲しい」

「なるほど、弾を詰めた筒が回転して、ん〜」

「リボルバー式銃と言う」

設計図と言うには少々恥ずかしい物だが、できうる限り思い出して描いてみた、リボルバー式銃、連発式のライフル銃だとウインチェスターが有名だが、俺はミリタリーオタクではないので、そこまでいくと設計図を描くのが難しくなる。

その為、リボルバー式銃。

「はっ、この茂光、殿様からいただいた名にかけまして作らせていただきます」

「これから製鉄が上手《うま》くいったら、様々な物を頼み始めるから引き続き、熟練の腕を持つ者は雇って良いから。それは直臣として取り立てるから」

「えっと、益々《ますます》複雑な物をお考えで？」

「蒸気機関ってのを考えているから」

「ん？」

桃子が茶を点てるために温めている茶釜を指さし、

「あの蓋が蒸気の力でポコポコ浮いているでしょ？　あれを取り入れた絡繰《からく》り物を蒸気機関と呼ぶんだよ」

「あっしには、何の変哲もない茶釜の蓋に見えますが」

「あっ、えと、おにいちゃん、お湯が沸いたので蓋取って良いですか？」

「はははは、ごめん、桃子、気にしないでお茶点てて」

「はいのです」

桃子は茶々《ちゃちゃ》に習った茶を嬉《うれ》しそうに点てていた。

内密の話の場に指名されたのがよほど嬉しいのだろう。

うちの側室なら秘密は絶対に漏らさない。

信頼できる。

「まぁ～蒸気機関は先の話、兎《と》に角《かく》、鉄砲の連発式をどこよりも早く成功させたい。信長様、海の外出て行っちゃったから、先々を考えると絶対必要になると思うんだよね」

「え？　織田家に弓引く準備で？」

「違う違う、逆。信長様が必要とするはずなんだよ。異国と絶対争い始めるから。俺もいずれは行くだろうしね」

「また、強力な火気で圧倒的な戦いをお考えなのですね」

「戦わないのが一番なんだけどね。世界の国々が覇権争いしている海に信長様を行かせてしまったからには、絶対に勝たないとならないから」

「わかりやした。口の堅い弟子達だけで作り始めてみます」

「うん、頼んだよ」

◇◆◇◆◇

春の田植えのシーズンとなったので、巡察をする事にした。

流石《さすが》に、真田《さなだ》幸村《ゆきむら》に任せっきりにとはいかない。

だからと言って、俺が俺として身分を隠さず行けば通常の田植えが見られない。

そこで、柳生宗矩《やぎゅうむねのり》が出している巡察隊に紛れて行くことにする。

宗矩もそれなら問題ないと了承した。

宗矩は裏柳生を使って俺の広い領地を巡察し監視してくれている。

主たる家臣が少ない俺のサポートをしてくれている。

黒服で深い編《あ》み笠《がさ》を被《かぶ》る集団なのだが、異質と言えば異質なのだが、編み笠に柳生の家紋が付けられているためか巡察隊であるのは一目瞭然。

その巡察隊と同じ服装をして紛れ込む。

流石に遠くまでには行けないので、茨城城と高野城の間の田畑に出向く。

この田畑は幸村直轄で農政改革の実験でも使われている地。

10人ほどの集団で見に行くと、田植えは始まっていた。

幸村も率先して働いている。

俺の顔を見ては軽く目礼だけしては気付いてはいるが知らないふりをしては、田植えを続けている。

幸村は農民と一緒に働いているせいか、親しまれながら頼られ働いている。

任せておいて大丈夫のようだ。

更に足を伸ばして、印旛沼《いんばぬま》の方にも巡察に向かう。

印旛沼は新家臣・成田長親《なりたながちか》に任せている。

印旛沼に着くと、何やら田の脇のあぜ道で踊りを踊りながら声援を送っている者が見えた。

「ヨッコラショイ、ヨッコラショイ、セッセセのヨッコラショイ～」

んー何とも気の抜ける歌。

農民達は笑いをこらえているのか、苦虫を嚙《か》み潰したような顔をしながら黙々と田植えを続けている。

田植え歌にしてはリズムと言うのか拍子がずれている。

音痴なのか？　うちの、のぼうは？

俺が編み笠を少し上げ顔を見せると、気が付いたのか走り寄ってきて膝を突いた。

「これ、のぼう、そのような事をしては身分がバレてしまう。せっかく身分を隠して巡察に来ているのに」

「も、申し訳ないでござる。御大将自らが来るとは驚きで」

「あっ！　これ」

周りの農民にはなんとか聞こえなかったようだが、不思議がってはいる。

子供達が近づいて、

「のぼう、どうしたの？」

俺の前で跪《ひざまず》いている成田長親に走り寄ってきた。

流石に長親も馬鹿ではなく、

「私の上役の方が巡察に来てな、さぁ～みんな続けるぞ」

「のぼう、邪魔してるだけじゃん」

「変な踊りしてるだけじゃん。田植え歌下手っぴ」

「あはははははは、応援をしているのだがな」

子供達はからかっているが親しまれている様子。

「のぼう、続けよ」

「はっ」

すると、長親は再び踊りながらかけ声をかけていた。

形はどうあれ農民に親しまれているなら良い。

俺の家臣が農民の上でふんぞり返っているわけではないみたいで満足の巡察が出来た。

俺の領地ではこれが当たり前になって欲しい。

一休みしている農民に話を聞くと長親は、子供達《たち》の面倒を率先して見ているとのこと。

そのおかげで安心して農作業に集中できると褒めていた。

なるほどな、出張保育士か？

子供は目を離せないからな。

保育所までとは言わないが、寺社にそう言う役目、持たせようかな？

そんな事を考えた。


国の重要政策の一つである教育をしている常陸《ひたち》国立茨城城女子学校にも巡察に出向く。

こちらの生徒は城でも当番制で働いているので今更俺が顔を隠しても無意味。

ごくごく普通に出向いた。

生徒達はすれ違えば止まって深い御辞儀《おじぎ》をして挨拶をする。

わざわざ、膝を突いた挨拶はしないでよいと教育してあるからだ。

勉学はお江《ごう》に任せてある。

授業風景を覗《のぞ》いてみれば、真面目に読み書きを教えている。

特段、問題はない。

学校では勉学の他に、反物生産、和紙原料生産、料理を教えるようになっているのだが、
主になる茶々とお初《はつ》が身重で現在休職している為、新たに人を雇った。

現在、俺の領地で働いている狩野永徳《かのうえいとく》の伝手《つて》を頼って。

京の都から専門の職人が来てくれたおかげで、質の良い反物や和紙の原料が作られ始めている。

俺が使っている和紙の原料はみなここで作られている。

和紙その物も少しずつ生産を始めていた。

紙漉《かみす》きの技術習得も出来れば、一大産業になるだろう。

働く場所さえ整えば、女性だって十分活躍出来るのだ。

梅子《うめこ》と桃子に任せてある料理の方も十分な腕前になってきた。

唐揚げ、豚カツ、天ぷら、カレー。

「よし、次なる働き場を作るか」

味見をしながら言う。

「え？　どういう事でございましょう、御主人様」

「梅子、この者達に城下で食堂を運営させる」

「飯屋にございますか？」

「あぁそうだ、黒坂《くろさか》家自慢の料理を出す店だ。うちでは新しき作物も作っているからな、それを広めるには味を知らせ馴染《なじ》ませていかなければ作られた作物が無駄になる。そこでこの者達に食堂をやらせる」

「なるほど、一石二鳥なのです」

「そうだろう？」

「しかし、御主人様、女子達だけで食堂をするにはいささか不安があるとです」

「ん？　どういう事だ？　桃子」

「はい、今、常陸国は各地から町造りやら河川の改修の為《ため》に人足が多く集まってますです。飯屋で酒も飲めば荒くれる者もいるかと」

「なるほどな、治安か、治安なら慶次《けいじ》と小次郎《こじろう》に厳しく取り締まりさせるがそれを待っていてはいつになるやら、人はどんどん集まるからな……よし、こうしよう」

俺は戸板を半分くらいにした木板を用意させそこに、

『大納言黒坂常陸守《ひたちのかみ》真琴《まこと》直営食堂』

と、書く。

「なっ、なんと、これを看板にですか？」

「そうだ、桃子、これを看板に出せば店で狼藉《ろうぜき》をする程の阿呆《あほう》も出まい」

「はいです。恐れ多くて。しかし、逆に格式が高くなりすぎて客が入らぬのでは？」

「まぁ、物は試しだ。力丸《りきまる》に店の手配はさせるから、唐揚げ定食、豚カツ定食、天ぷら定食、カレー定食、ずんだ定食の五つを先《ま》ずは出せるように頼む。付け合わせには、幸村が新たに作っている作物を一品付ければ良い」

「はい、わかりましたです」

茨城城の大手門を出たすぐの所に店は作られ始めた。

一か月もしないうちに準備は整い『大納言黒坂常陸守真琴直営食堂』は開店となる。

茨城城大手門前と言う好立地だ。

もちろん、大手門付近は家老職を命じてある重臣の屋敷が並ぶ住宅地だが、『鉄黒漆塗風神雷神萌《もえ》美少女門』見たさの見学者達が集まる一等地にオープンした店。

看板の布が剝ぎ取られると、周囲にいた人達がざわめき出す。

板に大納言黒坂常陸守真琴直営店と横に書いただけだった看板だったのだが、中心上に俺の家紋『抱き沢瀉《おもだか》』の家紋が装飾され両脇には、やはり美少女が風神雷神になった姿の彫刻が飾られていた。

明らかに、左甚五郎《ひだりじんごろう》作だ。

笑顔だけで立ち寄りたくなる魅力を出す眼光が光る看板。

うん、未来に残ったら国宝級じゃん。

気を利かせた力丸が手配してくれたのだろう。

開店前に店先に営業をしていく生徒達を並べて一枚写真を撮影する。

そうしているうちに人だかりは出来、声が聞こえる。

「おいおい、大納言様直営店ってなんだよ」

「まさか、それはねぇーべよ」

「便乗だっぺ」

「んだな、鉄黒漆塗風神雷神萌美少女門を見に来る客を入れる店だっぺ」

「へちけいこと考えんるな」

などと聞こえる。
さらに、暖簾《のれん》が掛けられた。
狩野永徳作、美少女がふんだんに描かれた暖簾。
最早《もはや》いかがわしい店にしか見えない。
まぁあ、仕方がない。
俺の趣味嗜好《しこう》に合わせてくれた二人には怒れない。
一般人に紛れ込みながら一人目の客として入店する。
護衛の柳生宗矩と一緒に。
「いらっしゃいませ～」
生徒達には俺は味見に最初に入店する事は言ってあるので一般人客として扱われる。
「唐揚げ定食を頼む」
俺が頼むと、宗矩が、
「私はカレー定食を」
と、頼んだ。
店員には変な服は着させてはいない。
お揃《そろ》いの藍染めで紺色のセーラー服に白い割烹着《かっぽうぎ》だ。
もちろん、メイド服を考えたが看板に俺の名があるために品格を大事にする。
それに着る生徒達のことも考えて、正統派にした。

この子達はいずれはしかるべき家に嫁に出すのだから。

「かしこまりましたー」

元気な声で注文を取るのは、あおいの次に学校生徒を纏《まと》めている緑子だ。

暖簾の外からは覗いている者はいるがなかなか入ってはこない。

看板が恐《こわ》いのだろうか？

10分もしないうちに出来上がる定食は、いつものうちの味で美味《うま》い。

わざとらしく、

「ぬぉ～美味い、美味いぞ、娘」

「ありがとうございます。大納言様自ら伝授下された料理ですから」

わざとらしい三文芝居をすると、入り口で聞き耳を立てている者がざわついている。

「本当に、大納言様の店なんだっぺか？」

「高いんでねぇの？」

「いくら、なんだっぺか？」

値段を出さなかったのは失敗だったのに気が付く。

「これが、七銀和円（700円）とは、安いな娘」

宗矩《むねのり》も下手な芝居をする。

「わりかし安いな、入ってみっか？」

「入ってみっぺよ」

「んだな、物は試しだな」

客が少しずつ入りだした。

お茶をすすりながら様子を見ていると見知った顔の人物が入ってきた。

「常陸大納言様の名前を騙《かた》って店を出すとは不届きな、懲らしめてくれる」

言いながら暖簾をくぐってきた人物は、俺の顔を見て凝視し固まってしまった。

口をパクパクと開けて言葉を出せないでいる本多《ほんだ》正純《まさずみ》。

宗矩がすかさず耳元に近寄り、

「正真正銘の直営店です。本日は忍んで来ていますのでお静かに」

ぼそりと言うと金縛りから解かれたように動いて、わざわざ俺の隣のテーブルに腰を下ろした。

小さな声で、

「失礼いたしました。常陸様、まさかこのような店が出来るとは」

本多正純は利根川を中心にあちらこちらの治水工事を担当している奉行なので、久々の城下とのこと。

学校の運営には携わっていないので知らないで当然。

「あぁ、うちで買い取った娘子達の働く場所としての店、そして新しき作物の味を知ってもらう機会と思って作った店なのだ」

そう話していると緑子が注文を取りに来た。

「豚カツ定食を頼もう」

そう言う正純に10分ぐらいで出された。

「では、失礼していただきます。ぬほっ、これはまさに城でいただく黒坂家の食卓の味、天下一品」

わざとらしく言うが、揚げたて豚カツを口に頬張って湯気を出している正純は本当に美《お》味《い》しそうに食べていた。

「おい、あのお侍様が言うんだから間違いでねぇんでねぇの」

「あのお侍様、土手の差配してる本多様だっぺ」

「んだな、本多様だ。見たことあっぺ。まさか殿様が商売するなんて驚きだ」

「どれ、俺達もあれを食べてみっぺよ」

唐揚げ定食、豚カツ定食、カレー定食が次々に運ばれて大盛況となる。

この日は初日の為、仕込みもさほど用意していなかったので、50人ほどの客が舌鼓を打つと閉店となった。

「お殿様、大盛況でございましたね」

緑子が言ってくる。

「良い出だしだな、しばらくは用心棒に誰かをこっそりと送るから何かあったらすぐに報告しなさい」

「はい、ですが、あそこで豚カツ、唐揚げ、カレー、ずんだと四人前を食べて横になっているお方が毎日通うと申していますから大丈夫では？」

「正純か？　正純が毎日来ていたらどんどん膨れ上がってしまう。ほどほどにさせないとならんからな」

正純には三日に一回までと注意しておく、メタボリックシンドロームになってしまうから仕方がないだろう。

初日の客達《たち》が噂《うわさ》をしだして、一週間後に訪れた時には大行列ができる店になっていた。

ふふふ、やはり、唐揚げ、豚カツ、カレーは国民食だな。

……ん？　あっ！　あれを忘れていた。

日本国民食最大勢力が存在する料理を。

俺は城の台所に行き、梅子達に料理の支度をさせる。

大きな鍋に綺麗《きれい》に洗った豚の骨と背脂を入れ、野菜などと煮込む。

別の鍋では鳥のガラを野菜と共に煮込む。

さらにもう一つは、鰹節《かつおぶし》やサバ節、干し鰯《いわし》に鯛《たい》も入れた鍋で三種類のスープを作る。

そして、俺はひたすら小麦粉と格闘中。

知識はあるが作るのは初めて、美味く固まらない。

それを見かねて手助けしてきたのはワイルドガールの梅子だ。

「なにをしていますですか、真っ白になられて、あ～あ、御主人様、私が代わりますから」

何とも器用に小麦粉を練り上げていく。

「んー、このままでは『うどん』になってしまう気がする。ん？　そう言えば、水戸《みと》の水戸藩ラーメンがあるな。確か日本史上で初めて食べたとか言われている徳川光圀《とくがわみつくに》が作ったラーメンの再現で、麺に蓮根《れんこん》を練りこませてコシを出すんじゃなかったかな？　梅子《うめこ》、そこに蓮根を摺《す》り下ろして入れてくれ」

梅子が摺り下ろした蓮根を小麦粉と混ぜていく。

白い大きな塊となった物を棒で薄く引き伸ばしていき、折りたたんで細く切ってもらい茹《ゆ》でる。

そうやって悪戦苦闘しているうちに夕方になり、煮込まれたスープは完成した。

豚骨スープ、鶏《とり》がらスープ、魚介スープそれぞれに調味料を合わせる。

「おっ、スープはなかなか、しかし、麺はまだだかな、かん水？　とか言うのを入れるはずなんだけど、あれって何なんだっけ？　んーコシを出したいのだけど、喜多方のあの平打ち麺みたいなのを作りたいから、これは今後の研究課題だな」

麺はラーメンとうどんの中間のようなものになってしまった。

腰の強い稲庭うどんに卵と蓮根が練り込まれた感じ。

何かが違う。

「御主人様、十分美味しいと思うとです」

「私も、濃厚なうどんで美味しいと思います」

「ははははっ、濃厚なうどんじゃなくて、ラーメンってのを作りたいんだけどね」

梅子達と味見をしていると茶々《ちゃちゃ》達が来る。

茶々、お初《はつ》、桜子《さくらこ》は妊娠中の為《ため》、豚骨とかよりはあっさり魚介と思って作った魚介塩味スープの入った麺を出す。

お江《ごう》には背脂たっぷり豚骨スープ麺。

梅子と桃子《ももこ》は自分で好きなようにブレンドしていた。

「また、変わった物作ったわね」

少し大きめの茶碗《ちゃわん》を凝視するお初。

「わーマコの新作料理だっ、いただきます」

一番初めに手を付けるのはやはりお江。

「美味しい、この麺と汁が凄《すご》く合うよ」

それを見て茶々達もスープを一口飲み、麺をすする。

「まぁ、美味しゅうございます。真琴《まこと》様、これは何という食べ物なんですか？」

「これは『ラーメン』と言う食べ物なんだけど、俺の求めている麺の硬さにはなっていないんだよ」

うどんの細切り麺に近い食感だったが皆は初めて食べるラーメンに満足しているようで、ペロリと平らげていた。

「とても、美味しゅうございました。汁が飲みやすくて美味しかったわよ、梅子、桃子」

茶々でも食べやすかったみたいだ。

「そっか良かった。これも店で出せるように梅子、桃子、頼んだよ」

おそらくこの味でも、そこそこ売れるようになりそうだが、モチモチの平打ち喜多方ラーメンの麺のようにするにはどうすれば良いのだろうか。

昭和、平成の四大日本国民食と言って過言ではないだろう、唐揚げ、豚カツ、カレー、ラーメン。

俺はご飯党なので作るのが遅くなってしまったラーメンだが、俺の店で出すと一番の売り上げを出すメニューとなった。

麺物は、この時代でも受け入れられるらしい。

スパゲッティも喜ばれるだろうか？ 小麦の収穫量が増えたらメニューに加えるか。

そう言えば蕎麦《そば》、茨城名物けんちん汁そばもメニューに加えなくては。


常陸《ひたち》国立茨城城女子学校の生徒が運営する食堂が人気となると、学校の知名度も上がって巷《ちまた》で話題になっていると報告が多数来るようになった。

初めはやはりと言うのか、俺の側室なのだろう？ 側室として買われたのだろう？ と、黒い噂がされていたらしいが、外で働く姿を直接目にすると言う行為は、その噂を払拭すると言う嬉《うれ》しい効果があった。

すると、出てくるのは自らと言うのか、親などが望んで学校に入れたいと言う者が出てくる。

窓口となっているのは前田慶次《まえだけいじ》なのだが、困惑して聞きに来た。

「どうしましょうか、御大将？　本来の趣旨と異なってしまって」

「どうしましょうか？　と、聞かれてもね。予測していなかったな。遊郭に売られる女子を買い取って働き手として手に職をつけて、しかるべき家に嫁げるよう教育するためとしか考えていなかったから」

「困りましたね。金のない口減らしで売られる娘達は引き受ける予定でしたが、比較的裕福な家の娘まで学校に入れて花嫁修業させたいと言ってくるのですから人数が大幅に増えます」

「ははは、なんか大奥みたいだな」

「なんです？　その大奥とは？」

口を滑らしてしまった。

史実歴史線での江戸時代の大奥は、将軍のハーレムではあるのだけれど、そこで働く女性は多く大奥で働くことで箔《はく》がついて良い家に嫁に行けるようになったらしいが、今まさに常陸国立茨城城女子学校はそれに近い状態ではある。

口を滑らしてしまったことは、いつものごまかし笑いでけむに巻く。

すると、慶次もそれ以上は追及はしてこない。

それが、うちの重臣たち暗黙の了解となっている。

二人で悩んでいると、茶々、桜子、お初の産休で現在、実質学校の長であるお江が入ってきた。

「学校の事で悩んでいるの、マコ?」

「ああ、自ら入りたいと言う者も出てきているみたいだし」

「みんな入れちゃえば? 働き手として手は多い方が良いよ。養蚕・紙漉《かみす》きに城の仕事、そして食堂となってきて忙しくて勉強が疎《おろそ》かになって来ているもん」

「人数が増えると、お江達が大変になるのでは?」

「大丈夫だよ、先に入ってる子達が後から入ってきた子達を指導するから、それに小糸《こいと》ちゃんと小滝《こたき》ちゃん、読み書きちゃんと出来るもん。小糸ちゃんと小滝ちゃんも先生にして良いよね? 二人、薬草の本とか熱心に読み込んでいるもん。難しい字も平気なくらい学、持ってるよ」

「え? そうなの? ん〜だったら良いけど。そうか、一期生が次の子達を指導していくか、できなくはないか、よし慶次、今まで通り売られる娘を優先しながら入学を許可する。ただし、裕福な出身の娘達にも同じ仕事をさせる。それを条件に自ら入りたい者にも許可しよう。それが出来ない者は酷だが退学とする」

「はっ、ではすぐに手配いたしまして増築を開始します」

「学校に予算を回さないと……最近、開墾やら治水やらずいぶん金、使ってきているから少し考えないと……」

次から次へといろいろな物を作っているから少し蔵の金が減り始めてきている。

「マコ～、これ食堂の売り上げ纏《まと》めた帳簿だよ。ごめん、あまりにも儲《もう》けになっているから遅れちゃった。すっごい儲けになってるよ。学校で作られた物も御用商人が全部買い付けているから凄い儲けだよ。学校の収入だけで増築くらい十分に出来るよ」

「そんなに儲かってるの？」

「うん、黒坂《くろさか》家の大事な収入源ってくらいに」

「そっか、なら生徒が料理を覚えたら二号店、三号店と次々に増やしていくか」

「うん、それ良いと思うよ」

……元祖チェーンレストラン店と発展していくとは、この時は想像していなかった。

出している料理は作り方さえ見てしまえば真似《まね》できなくはないが、それは『大納言黒坂常陸守《ひたちのかみ》真琴直営食堂』の真似となるわけで、おいそれと真似をして商売をする度胸のある者は現れない。

取り締まりの対象になりかねないと恐れたと後から知ることとなる。

看板に俺の名と言うのはいろいろな効果がある。

恐るべし『大納言』。

小糸と小滝は読み書きはなんら問題ないどころか、薬草の知恵も多く、食べられる草、毒となる草などの知識も持っていた。

食べられる草の知識は大いに役立つだろう。

「小糸、小滝、学校の教授方の仕事を与える」

「げっ、仕事、多くなるの？」

「姉様、本音だだ漏れでした」

「はははは、ちゃんと休みはあるし無理はしなくて良いから。二人の知識の伝授は口減らし、飢えを減らせる知識。頼むよ」

「そんな頭、下げないでください。大納言様。慣れないことに戸惑っただけですから」

小糸、根は良い子なのだが少々口が悪いというのか本音が出やすいみたい。

「大納言様、お任せくださいでした」

《幸村《ゆきむら》とあおい》

御大将が設置を推奨している学校、そこの生徒の一人、あおい。

御大将の命を狙ったと聞いていたが、農作業は誰よりも一生懸命にする娘だった。

「痛っ」

「あぁ、無理をするな。手の肉刺《まめ》こんなに作って」

あおいの持つ鍬《くわ》は血で染まるほどだった。

「真田《さなだ》様、私めなどお気になさらないでください。これは私自身への罰」

「罰？」

「真田様はご存じなのでございましょ？　私が大殿様の御命《おいのち》を狙ったことを」

「ああ、聞き及んでおる」

「浅はかでした」

「ん？」

「あの戦いの元は旧領主のわがまま、それを討つ戦い。正義は大殿様。焼け出された私はやけになり見ないとならないものに目をつぶっていたのかもしれません。あの戦いで焼け出された者だけでなく、口減らしで売られた者まで集め、学校で様々な事を教えていただき美味《おい》しい物もいただけ、良い服まで用意してくれる大殿様……常陸大納言様を仇《かたき》としたことは間違いだったと気が付いたのです。ですから、私は出来ることで罪ほろぼしを……」

あおいの血に染まった手を手ぬぐいでしっかり押さえ、

「御大将はそのような自身を傷つける罪滅ぼしなど望んでいないさ。学校の年長者として今の気持ちを皆に教える。それが十分罪滅ぼしになる。これ以上の無理は御大将の悲しむとこ」

「しかし、私は……」

「もう、それは忘れなさい。あおいは本当に純粋な子なのだね」

「真田様？」

御大将が命を狙われても成敗しなかった理由が伝わってきた。

真面目、まっすぐ、思い込んでしまえばそれしか見えなくなってしまうのかもしれないが、純粋な娘、あおいを嫁にしたい。

御大将に頼んでみるか？　いや、御大将なら先《ま》ず言うのは本人の気持ちはどうか？　だろう。

「あおい、嫁になり、我が農業改革を手伝ってはくれぬか？」

「え？　私が黒坂家重臣の正室などとんでもございません」

「重臣か、確かに家老だが、私を一人の男として見たとき、あおいは嫌いか？」

「いえ、家老というお立場なのに自ら畑に出て、農民と一緒に田畑を耕し、農民の声を聞いて下さる真田様はとても素晴らしいと思いますが、私など」

「私が嫌でないなら嫁になってくれ」

「そんな、頭を上げてください」

「なら、良いのだな？」

「こんな私で良いのなら」

あおいの返事を貰《もら》えたことを御大将に報告すると、

「そうか、そりゃ～めでたい。よし、茶々こう言うときって、あおいを養女にして家臣に嫁がせて良いんだよね？」

「もちろんです。真琴《まこと》様がお望みでしたら構いません」

「幸村、あおいは我が養女として嫁がせる。良いな？」

「ありがたき幸せ」

予想していなかった事態に驚いたが、御大将らしいか。

家臣ですら家族と同様に接するのだから。

上野《こうずけ》に帰った父上に事の次第を手紙で知らせると大変喜んでくれた。

黒坂家の家老の中で、一番はじめに御大将の養女を嫁とした事が父上には嬉しかったのだろう。

そしてあおいも、

「私なんかを養女にしていただけるなんて」

大粒のうれし涙を流していた。

◇◆◇◆◇

1589年
学校と食堂の運営に力を入れていると蟬《せみ》が鳴き始める。
茶々《ちゃちゃ》のお腹《なか》、はちきれんばかりに大きく育っていた。

暑い夏に妊婦さんは暑くてつらそうだ。

団扇《うちわ》でパタパタと風を送ってあげる。

「茶々、大丈夫か？」

「はい、もうすぐ子が生まれるとなるなら辛《つら》くなどありません。それにここは涼しいです。霞ケ浦《かすみがうら》から流れてくる風は心地が良いですよ」

茶々は自ら、産まれてくる赤ん坊の為《ため》の産着を縫っている。

「そうか？　すまないが、この時代の医者やら産婆やらは良くわからないのだが、とにかく人を集めて」

「真琴様、そのような事はいたさなくても大丈夫です」

「ん？」

「一月ほど前に母上様に手紙を書きました」

「義母様《かあさま》？　お市《いち》様に？」

「はい、母上様が来てくれるとのことでもうすぐ着くかと」

「え？　え？　そうなの？　聞いてなかった」

「真琴様は大変お忙しそうでしたので」

確かに毎日執務に追われる日々。

茶々は気を使ってくれていた。

そんな話をしたばかりのその日の夕方に大名行列と思えるような300人ほどの行列が

茨城城に入城した。

もちろん、お市様の行列なので大手門で出迎える。

いくら身分、官位官職が高かろうと俺にとっては義母、出迎えるのは当然。

立派な朱色で金の蒔絵《まきえ》で飾られた駕籠《かご》はなぜか二つ並んでいた。

ん？

その駕籠からは、お市様と前田利家《まえだとしいえ》の妻、松《まつ》様が降りてくる。

「遠路、足を運んでいただきありがとうございます」

挨拶をすると、

「凄《すご》いですね、常陸《ひたち》様。これほど型破りな城とは思っていませんでしたよ。茶々の出産を手伝いに来たのですが、目の保養というのでしょうか？　楽しませてもらいますよ。お初《はつ》や側室方も出産は年内だそうですね？　しばらく逗留《とうりゆう》して手伝いますね」

「ありがとうございます。で、松様もですか？」

松様に挨拶をすると、

「何やら可愛《かわい》い城が見られると千世《ちよ》から手紙が来ましてね、近江《おうみ》でも奇抜な装飾だと噂《うわさ》でして、お市様が行くと耳にしたのでお手伝いも兼ねて付いて来ました。本当にこのような城をお建てになるとは……傾いていると言えば良いのでしょうか？　言葉に困ります」

松様は目をギラギラと輝かせて目に入る至る所を凝視していた。

お市様は呆《あき》れ笑いをしている。

「うちの婿殿はここまで阿呆《あほう》でしたか、あはははははっ」

近江でも噂になるような城、笑うしかないかな。

「はははは、趣味でして」

「おもしろい、本当に不思議な感性をお持ちで、おもしろい婿殿、ふふふっ」

「お褒めの言葉ありがとうございます。この茨城城には温泉も有りますので旅の疲れを癒やしてください」

「あら、城に温泉、良いですわね、松殿、婿殿と一緒に入りましょう」

「えぇ、是非」

「げっ、なに言い始めるかな」

「冗談ですわよ。おほほほほっ」

お市様の目が俺の下半身を凝視していると、お初が恐《こわ》い顔で、

「母上様、いい加減にしなさい」

鋭いツッコミを入れていた。

うん、お市様、何気に下ネタ好きだから反応に困るよ。

二人には茶々達《たち》に会った後、温泉と自慢の料理を楽しんでもらった。

《松と千世》

「千世、どうです？　常陸様は？」

「ん？」

「好いていますか？」

「母上様、常陸様とってても優しいから好き。それにね～いっぱい美味しい物つくってくれるんだよ、与祢《よね》ちゃんといっつもお腹いっぱい」

「与祢とは確か山内《やまうち》殿の姫でしたわね？」

「うん、よく城下の屋敷にいるよ。今は水戸《みと》に行ってるけど、すぐ帰ってくると思うよ」

「そうですか、寂しくないですか？」

「うん、大丈夫。父上様には会いたいけど、でも私、常陸様の側室になった方が父上様も喜ぶんですよね？」

「えぇ、喜びます。ですが、難しい事は千世は考えなくていいのです。常陸様とその家族の皆様と仲良くしていれば」

「梅子《うめこ》ちゃんがねぇ～鳥の捌《さば》き方教えてくれたよ」

「うっ、うん、そうですか」

「母上様にも作ってあげるね」

楽しげに話す千世の姿を見て、やはり黒坂《くろさか》家に嫁がせることは間違っていないと確信した。

こんな奇抜な城を築き幼女に慕われる男、黒坂真琴。

間違いなく利家様より上。

慶次《けいじ》にも世話になっている礼をしようとしたら……いない？

私が来ることを知って街道巡察と称して逃げた？

褒めてあげようとしたのに。

◇◆◇◆◇

1589年8月22日
夜も明け切らぬ早朝の蜩《ひぐらし》の大合唱で軽く目が覚めると、城内が早朝だと言うのに慌ただしい気配を感じる。

寝室から出て様子を窺《うかが》うと、松様が白い綺麗《きれい》な着物にたすき掛け姿で、大量の真新しい布、さらしを持って走っていた。

「おはようございます。どうしました？」

声をかけると、

「お印がでましたのよ」

「え？」

「だから、出産が始まります」

「ま、マジっすか？」

「何ですか、その返事は？　まぁ良いです」

茶々の出産の準備がなされている部屋に走っていった。

俺もそちらに向かうと、二部屋前くらいの廊下で、お初に止められた。

「真琴様は何も出来ないのだから、産まれるの待っていてください」

「いや、でも様子くらいは」

「待っていなさい」

「はい……」

廊下を通らせてもらえない。

習慣、慣例などわからないが、この先は女の戦いなのだろう、立ち会い出産はできない様子。

ひたすら部屋をうろうろ歩き回ると様子を見に来たお江《ごう》に、

「落ち着きなよ、マコ〜、産婆さんもいるし大丈夫だって」

正座をしながらそわそわと身を揺らしながら待つ、ただ待つ、長い時を待つ。

漏れ聞こえてくる力む茶々の声。

まだかまだかと、待っていると完全に朝日は昇る。

暑い日差しが降り注ぐがまだ、産まれたとは言われなく、そわそわそわそわ、いてもたってもいられない。

俺は、城内にある鹿島神宮の分社に入り祈りを唱える。

「祓《はら》いたまへ、清めたまへ、護《まも》りたまへ、幸与えたまへ、武甕槌大神《たけみかづちのおおかみ》の力を貸し与えたまへ」

ひたすら神頼みだ。

小さな社殿の外では城で泊まり番だった力丸《りきまる》と政道《まさみち》も玉砂利の上に正座をして、我が子の事のように祈ってくれている。

「おぎゃーおぎゃーおぎゃーおぎゃー」

かすかに聞こえる泣き声。

え!?

「産まれた？　産まれたのか？」

慌てて社殿から出ると、足がもつれて段差に躓《つまず》き転げ落ち玉砂利まみれになっていると、お江が走ってきた。

「マコ～、産まれたよ、赤ちゃんも茶々姉上様も無事だよ」

腰砕けになり、立てない俺に両肩を力丸と政道が抱えてくれて立たせてくれた。

「おめでとうございます」

「おめでとうございます」

二人は満面の笑みで我がことのように喜んでくれる。

太陽は一番頂点から日差しを降り注がせ、子供の誕生を祝ってくれているようだった。

お江のあとに、こちらも出産が近いお初がお腹を抱えながら来る。

社殿から転げ落ちた砂利まみれの俺の姿を見て、

「何をやっているんだか」

少し苦笑いを含んだ目で見ながら、ため息交じりに言った。

「ほら、さっさと風呂に入って着替えて小滝《こたき》、小糸《こいと》身体《からだ》を洗ってあげなさい。汚いまま赤子に会わせるわけにはいかないわよ」

「あっ、あーそうだな、着替えなきゃな、でも、ちょっとだけでも見させて」

早く見たい気持ちを言葉にする。

初めての自分の子供だもん、とにかく早く見たいが、

「うりゃー」

重たいお腹でよく足が上がるもんだと感心してしまう、お初の蹴りが久々に尻に来た。

「逃げないんだから大丈夫よ。ほら小糸、小滝、連れて行きなさい」

「はい、かしこまりました」

「大納言様、風呂とお召し替えをでした」

二人に手を引っ張られてしまう。

「とっとっと、わかったから、せめて性別を～」

お初に向かって言うと、

「おのこよ」

「はい？」

「だから、おのこだって！」

聞き慣れない言葉、男なのか女なのかいまいちわからない。

男の子だろうと女の子だろうとどちらだって嬉《うれ》しいのだがやはり気になる。

「マコと同じタマタマ、付いてるよ～」

「マジか！　男か」

「だから、そう言ってるでしょ、男の子おのこだって、ほら、風呂に入って名前考えて落ち着きなさいよね、真琴《まこと》様」

小糸と小滝に風呂に連れて行かれると、服を脱がされ念入りに洗われた。

俺の頭の中は名前の事でいっぱいで自分の手を動かすのを忘れたからだ。

いろいろ念入りに……洗われた。

うん、それはそれで気持ちがよい。

ふっうっと全ての力が抜け去る賢者タイムに閃《ひらめ》く。

「よし、決まった、『武丸《たけまる》、たけまる』だ。鹿島の神、武甕槌大神にあやかり『武丸』と名付けよう」

そう言って、立ち上がると小糸と小滝は、

「よろしいかと思います」

「素晴らしい名前でした」

賛同してくれた。

風呂から上がり綺麗な服に着替えて、茶々《ちゃちゃ》のいる奥の間に走っていく。

もちろん、転ばないように注意しながら。

毎日掃除される廊下は綺麗だが、また転べばそれなりに汚れてしまうと、少し神経質になりながら走る。

廊下をバタバタバタバタと走っていくと、奥の間の手前でお初《はつ》に、

「落ち着きなさいよね」

再び注意されてしまう。

深呼吸で息を整えると、襖《ふすま》が開かれる。

中には茶々と赤ちゃんが布団で横になっている。

寝ている赤ちゃんを起こさないように静かに茶々に寄り添い手を取った。

「大丈夫か？」

「はい、大丈夫ですよ。安心してください」

言っている茶々は顔色は少し血の気の引いた白い顔だが、握った手の力はあり、これなら大丈夫そうだと安心する。

そして、静かに赤ちゃん……息子の顔を覗《のぞ》き込む。

まだ、しわくちゃな赤い小さな顔は、はっきり言って、どちらに似ているかなどはわからない。

しかし、不思議と愛《いと》おしくなり指で優しく頬を軽くつっついてみるともぞもぞと動く。

「元気に育ってくれよ」

声をかけるが反応はない。

生まれたばかりで当然だ。

この世の苦しみなどわからぬ純粋な顔ですやすやと寝ている。

「名前は決まりましたか？」

茶々が聞いてくる。

「武丸だ、鹿島の神、武甕槌大神の御加護により大きく育つことを祈って」

紙に書いて言うと後ろで見ていたお初が、

「あら、わりかしまともな名前、考えるじゃない。真琴様の感性だからどんな奇抜な名前になるかと気が気じゃなかったのだけど」

笑いながら言う。

「いやいや、そりゃー自分の子の名前だもんちゃんと考えるよ」

「私は真琴様の感性だと変な名前が命名されると思ってましたよ」

茶々がクスクスと笑いながら、

「良い名前だと思いますよ。ねぇ～武丸」

息子に向かって語りかけていた。

生まれたばかりの子を見て、母親似？　父親似？　などと、言うシーンをドラマなどで見てきたが、ってそれってかなり無理がある気がする。

小さな小さなしわくちゃの顔はただただ、可愛《かわい》い。

武丸が生まれて一週間、少しずつ人間らしい顔立ちになると、多少なりとも自分に似ているところも見えて少し嬉しい。

まだぼんやりとしか見えないだろう目で、じっと顔を見つめてくれるとほほえましい気持ちとなる。

そんな武丸を抱いていると、右手に伝わる感触と生暖かい物体が。

ブニュブニュブニュブニュ

「おっ、なんか出てきたぞ、オシメだ、オシメを交換しなければ」

慌てるとお市《いち》様に武丸を奪われた。

「常陸《ひたち》様、殿方がと言うよりも、あなた様はお忙しい身。いつまでも武丸の相手をしていたい気持ちはわからなくはありませんが、常陸様は政の要、仕事にお戻りください」

「しかし、俺の育ってきた価値観だと男も育児に積極的にかかわるべきだと教わってきました」

「誰がそのような事を言ったのですか？　確かに父親と言う存在は大切です。しかしながら、奥向きの事、家の事が正室や側室、女子衆に任せられないような家では、男は仕事に専念できなくなります。そのような家で男は休まりますか？　休めない男はいざという時働けなくなります。貴方様《あなた》は特に命のやり取りをいざという時する身。大将、総大将はいかなる時も万全に働けなくてはなりません。家族も大事ですが、家臣の命だって貴方様の手の中に握られたもの、御自覚を持ってください。適材適所、あなた様は政をし、奥向きの事は正室・側室に任せなさい。それとも正室や側室が信じられませんか？」

そんなことはない、大いに信じている。

だからこそ、うちの正室・側室には役職も与えていていろいろ任せている。

むしろ、俺よりも働いているくらいなのだ。

「わかりました。俺はこの時代の民ではないのは知っての通りなので、郷に入っては郷に従えという言葉もありますのでお任せいたします」

「わかれば良いのです」

お市様は、ウトウトしている茶々の代わりに武丸のオシメを交換している。

お市様は俺がタイムスリップをしてきたのを知っている数少ない人物の一人だ。

だからこそ、俺の価値観を否定したりもする。

「あっ、そう言えばこの時代って乳母とか雇うんですよね？」

ウトウトしながら聞いていた茶々が布団から体を起こした。

「そのことですが、真琴様、武丸は自分の手で、乳で育てとうございます」

「いや、茶々がそう言うなら全然かまわないんだよ。乳母って言う風習がいまいち俺にはわからないから任せるけど、体とか大丈夫なの？」

「大丈夫ですよ。梅子《うめこ》達《たち》がおります。真琴様のお子を粗雑に扱うわけがあるわけないです」

そう、俺には正室の茶々、側室のお初・お江《ごう》・桜子《さくらこ》・梅子・桃子《ももこ》がいる。

茶々達浅井《あざい》三姉妹と、桜子三姉妹なのだが派閥に分かれることなくうまく接してくれている。

それは一番年下のお江が、桜子達を友達、はたまた実の姉のように接していてくれているのが大きく、出身の家柄での争いや蔑みなどがないのだ。

甘えん坊のお江は実は計算高い。

お初もさばさばした性格の為《ため》か、陰湿なことを嫌うようで、裏表なくざっくばらんに桜子達と接している。

だからこそ、一夫多妻の俺でも黒坂《くろさか》家は上手《うま》く成り立っている。

「お初も、桜子も産み月が近いみたいだが大丈夫か？」

「常陸様、だからこそ松《まつ》殿を連れて私が手伝いに来たのではないですか？　落ち着くまでは私はここに逗留《とうりゅう》しますよ」

お市様が言うと、松様も休息を済ませたのか廊下の襖を開けて入ってくる。

「松様もしばらく逗留してくださるので？」

「利家《としいえ》様から孫のように世話してこいと言付かっておりますゆえ。それに千世《ちよ》と常陸様の子、孫が生まれたときにも粗雑に扱われないよう、ここで借りを作っておかねば」

「だから〜気が早いって。千世と子を作るって何年先よ」

「あら、子を作るのは確定なのですね？」

「うっ……」

松様に謀られたような気がするが、これ以上茶々が休んでいるのに騒ぐのも悪い。

「それに姫が誕生すれば三法師《さんぼうし》様の嫁になるお約束を上様としているはずでは？」

「あぁ、そんな話もありますね」

「ですから、三法師様の守り役になっている前田《まえだ》家としては黒坂家のお子は主家になる大切な子なのです」

「なるほど、ですがうまく姫が生まれるかどうか」

「生まれるまで作ってください」

「はい？」

「ですから、生まれるまでひたすら子作りに励むのです」

「それはちょっと……」

茶々とお市様は笑っていた。

それに反応してか、武丸も、

「ふぎゃー」

反応している。

聡明《そうめい》な子だ。

男女の産み分けって都市伝説的にあったような……。

浅い所で出すか？　深い所で出すか？

横から出すか？　下から出すか？

女性がイッてから出せば男になるとかならないとか……？

野菜をいっぱい食べろ、肉を食べろとかいろいろあったけど、実践しないとならないのかな？

そんなこと深く考えながらする夜の営みは楽しくなさそうと、考えながら俺は執務に戻った。

六人も……八人も……十人も側室が居れば誰かしらは姫を生むだろう。

小滝《こたき》と小糸《こいと》も側室に迎えようと思っている。

これは後で茶々に言わねば。

千世も与祢《よね》も将来的には……。

あんな懐いてくれている二人の美少女、嫌いなわけないじゃん。

松様。

ん～側室の母親も義母と呼ぶのだろうか？

《松視点》

聞こえてしまった。

そう言うことだったのね。

上様が突如として現れた若者を重用したのは陰陽師としての力より、未来の知識を手に入れたくてね。

なるほど、どうりで私達と感性が違うわけだわ。

知ってしまったが、これは心に秘めて誰にも言いますまい。

利家様の気性なら鼻で笑って信じてはくれないでしょうが。

慶次《けいじ》もこれを隠していたのですね。

黒坂真琴《まこと》の真実は想像を超すものでした。

だからあんなに身分の隔たりがなく、女性にも優しい？

そして、まだまだ知らない多くの知識を持っている？

その知識の武器の矛先が前田家に向けられないよう必ず千世を側室にしなくては。

◇◆◇◆◇

1589年9月1日

武丸《たけまる》誕生の興奮冷めやらぬ日の早朝、またしても城内が騒がしい。

隣で寝ていたお江が様子を見に行く。

俺は武丸の誕生で溜《た》まっていた執務をこなす日々で少し疲れがありまだ寝ていたい。

「マコ～、お初《はつ》姉上様と桜子ちゃん、産気づいたって」

「ん、ん～そうか、……」

「だから、二人ともいっぺんに産気づいちゃったってば～」

寝ぼけている俺を揺り動かし起こしてきた。

「はぁっ？　二人いっぺんに？」

「茶々《ちゃちゃ》姉上様に刺激されちゃったのかな～」

実は三人の妊娠発覚はタイミングがかなりずれていたが、ほぼ同時期に受精していたらしく産み月が近かったそうだ。

どうもお初は日々武芸を嗜《たしな》み、桜子は家事全般していて筋肉質？　スポーツ選手のように引き締まっているお腹《なか》で、着物のせいもありお腹が目立たなかったが。

しかし、ようやく一週間が過ぎたばかりなのに、二人とも同時に産気づくとは。

今回はあわてず騒がずを心がけて、様子を窺《うかが》う。

もちろん今回も産む部屋には入れないが、梅子が教えてくれた。

お初にはお市様、桜子を松様が手伝っている。

薬師と呼ばれる医師と産婆も城内に呼ばれている為、手分けして当たっているから心配はない。

「マコ～、またそわそわしてるよ。さっきからウロウロして、また祭殿でお祈りしたら?」

廊下をウロウロしている俺にお江が注意してきた。

「そっそうだな、武甕槌大神《たけみかづちのおおかみ》にお祈りしてくる。城に邪鬼が入らぬように願いを込めて、健やかな子が生まれるようにと」

俺は、城内にある鹿島神宮分社でお祈りをする。

「祓《はら》いたまへ、清めたまへ、護《まも》りたまへ、幸与えたまへ、武甕槌大神の力を貸し与えたまへ」

何度も何度も何度も。

ひたすら祈るそれが今、俺にできる事。

「おぎゃあ――――――」

「ふぎゃ――――――――」

産声がかすかに聞こえた。

ほぼほぼ同時に聞こえる声に、社殿の外で待っている伊達《だて》政道《まさみち》と最上《もがみ》義康《よしやす》が、

「おめでとうございます」

声をかけてくる。

何人目の子だろうと素直に嬉《うれ》しく、うれしさで足下がふらついてしまい、またしても社殿から転げ落ちてしまう。

「あー、また落ちてるマコ～、二人っていうか四人に会うのはお風呂、入ってからだからね」

呼びに来たお江に注意されてしまった。

風呂に行って、小糸と小滝に隅々まで洗ってもらう。

隅々……。

賢者タイム突入。

名前が降ってわいてくるかの如《ごと》く閃《ひらめ》く。

不思議と男なのか女なのかわかってしまった。

これは最近使う機会の少ない陰陽の力なのかもしれない。

風呂から出て、奥の間に向かう前に一筆名前を書く。

「へぇ～、良い名前だね。これならお初姉上様も怒らないよ、きっと」

お江に褒められた。

ネーミングセンスは何とか大丈夫らしい。

命名の紙を持ちながら、お初と桜子のいる部屋に向かう。

二人はすぐ隣同士の部屋で休んでいる。

うちの側室には身分・出身の隔たりはない。

むしろあるなら俺はそれを排除するが、その必要がないのがうちの側室達。

二人の赤ん坊もすやすやと寝ていた。

「二人とも大丈夫か？」

「えぇ、大丈夫よ」

お初は気丈に振る舞い、

「はい、御主人様のお子が無事に産めてありがたい限りです」

桜子は弱弱しいながらも言う笑顔は涙交じり。

俺だって目頭が熱くなったがグッと堪《こら》えた。

「二人とも休んでくれ、どれ二人の娘はどうかな？」

そう、生まれたのは娘、姫だ。

やはり、武丸の時のようにどちらに似ているかなどはわからない顔をしている。

なんなら判別だって難しいのだが、赤子の寝間着に藍色の刺繍糸《ししゅういと》の線が入っているのがお初が生んだ姫で、桃色の刺繍糸の線があるのが桜子の産んだ姫だった。

すやすやと母親に寄り添いながら寝ている。

「真琴様、もったいぶらないで名前を」

「どちらが先に生まれた？」

聞くと、お初が手をあげる。

「関係あるの？」

「勿論《もちろん》あるとも、『彩華《いろは》』と『仁保《にほ》』だからな」

書いた紙を二人に見せる。

「……、悪くはないわね。意外とまともに名前、考えてくれるじゃないの、真琴様の感性だと伯父上様みたいな奇抜な命名をするかと思っていたのに、奇妙丸みたいな」

母親になってもツンな、お初。

「御主人様が名付ける名前に異議などあろうはずもありません」

控えめな桜子《さくらこ》。

「いろはにほへと？」

後ろで呟《つぶや》きながら首を捻《ひね》る、お江《ごう》。

「そうだ、『いろは』に『にほ』だ」

「ちょっと、その名前の付け方だと三女が可哀《かわい》そうだから『にほ』までにしておきなさいよね。『へと』は可哀そうよ」

お初に痛いところを突っ込まれてしまった。

「おっ、おう、そうだな。『へと姫』は、いかんな。四女になったら、『ちり姫』になってしまうし、五女なんか『ぬる姫』駄目だな。うん、今回限りと言うことで」

そばに控えている側室のお江と梅子《うめこ》と桃子《ももこ》、そして小糸と小滝が安堵《あんど》の小さなため息らしきものを漏らしているのが聞こえた。

そうだ、側室は多いし茶々達《たち》だって第二子を産まないとも限らない。

三女の事を考えていなかったが、「彩華」と「仁保」は悪くはないと受け入れられた。

武丸、彩華、仁保、一気に三人の父親になってしまった。

孫の顔、親父《おやじ》達に見せてあげたかったな。

こっそりと、いつものように写真に収めておく。

未来にデータが残る保証などないのに少ない可能性に期待して。

武丸が生まれて4週間、茶々がほどほどにいつもどおりの生活に戻りつつある中、俺が筑波《つくば》山麓の直営牧場から届いた牛乳を温めて持っていくと武丸はすやすやと寝ている。

もちろん、このホットミルクは茶々のであって武丸のではない。

子育てと言う物が初体験であるが、そのくらいの常識はある。

九月も終わりとなると肌寒くなるから茶々に体を温めてもらおうと思って作ったホットミルクだ。

あとからお初と桜子にも持っていくつもりだが、茶々に話がある。

「あっ、真琴様、今、武丸は寝た所ですよ」

「そうか、牛乳を茶々の為《ため》に温めてきた」

「ありがとうございます」

そう言って、茶々は湯気の立つ表面に膜の張ったホットミルクを口にして、唇上に白い膜をチョンとつけては微笑《ほほえ》みながら拭いている。

「あのだな、話があるのだが」

「小糸《こいと》と小滝《こたき》の事ですか？」

鋭い、流石《さすが》に茶々だ。

「気が付いていたのか？」

「えぇ、二人が自ら頭を下げて申し訳ないことです。と、謝りに来ましたから」

「二人が悪いわけではない」

「わかっていますとも、遅かれ早かれお手付きになることぐらい想像出来ましたから、真琴様の身の回りの世話を申し付けたのです」

「わざとか？」

「はい、わざとですよ。ふふふっ」

「ただ、まだまぐわってはいないぞ。風呂でその……気持ち良くはしてもらっているが」

「はいはい、馬鹿正直に言わなくて良いですから。お初や桜子達のように祝言を行って側室……家族に迎えたいのですよね？」

「あっ、うん。そのつもりだ」

茶々は微笑みながら許す合図の頷《うなず》きをしたと思ったら急に真面目な顔に変わった。

「真琴様、何度も言いますが生徒達には手出ししてはいけませんよ。生徒達に手を出せば真琴様がしている行いが悪行となります。あのような素晴らしい理念で動き出した流れに

水を差してしまいます。もし側室を増やしたいなら正直に申してください。私が見繕ってあげます。あの二人は伊達様の縁者だからこそ私は認めるのですよ。生徒だったら認めません」

「あっ、うん。そのだな、人数は増えなくて良いのだけど……」

「子供いっぱいできると良いですね。私は側室達の子供と武丸を分け隔てなくお育てすると約束しますよ」

「ああ、子供の数か、そうだな、いっぱい生まれてにぎやかになると良いな」

「私もまだまだ産《あ》みますよ」

「ははは、取り敢えずは体をもとの状態に戻してからな、夜伽《よとぎ》は」

「わかっております。ふふふっ」

小糸と小滝、伊達政宗《まさむね》によりもてなしの為に集められた姉妹、二人を茶々ははじめっから側室候補として見ていた。

学校生徒として買われてきたわけでないために。

その為、俺の身の回りの世話をする係にした。

生徒達に手を出させないようにするためだったらしいが、俺は見境なく手を出すほど野獣ではないのだが……。

まだ、妊娠していない側室・お江、梅子、桃子もいるわけだし、女性を性のはけ口として見ているわけではない。

茶々《ちゃちゃ》達みんなを純粋に好き、同等に好き。

選べないくらいに。

外見も勿論好みだが、一生懸命世話してくれた小糸と小滝も好きになってしまった。

俺ってもしかして、浮気性なのだろうか？

だが、戦国武将となってしまった俺に多数の側室がいるのは、茶々の価値観では当たり前のことのようだ。


「小糸、小滝、側室になってくれるか？」

「私達は、はじめっからそのつもりでしたから」

「そうでした」

「役目というのを忘れて俺を一人の男として抱かれても良いと思うか？」

そう聞くと、小滝が、

「側室様に分け隔てなく、そして学校の生徒にもお優しく接している不思議な大納言様、私は好きになってしまいました」

「……私も好きよ、面白いでれすけ」

「姉様、口を」

「はははははっ、良いから良いから。そうか、ありがとう」

黒ギャル小糸と小滝ももちろん祝言を挙げて側室とした。

名目上二人は伊達政宗の妻、愛《めご》の実家、田村《たむら》家の養女として俺に嫁いだ。

◇◆◇◆◇

子守り子作りと執務ばかりが俺の仕事ではない。

信頼できる家臣に任せてあっても現場を見に行く、それが俺。

秋の稲刈りを視察しに茨城城と高野城の間にある田畑に出向く。

今回も身分を隠しての巡察。

黒服編《あ》み笠《がさ》姿の柳生宗矩《やぎゅうむねのり》の巡察隊に紛れ込みながら巡察だ。

黄金色に輝く田畑の豊作を喜ぶように賑《にぎ》やかに笑顔が溢《あふ》れ、稲を村人総出で刈っている。

「良いできのようで良かった良かったと」

一人つぶやいていると事件が起きた。

農民に紛れながらも、農政改革担当奉行として働く真田《さなだ》幸村《ゆきむら》に走り寄る年配の者は稲刈りとは似合わない紋付き袴《はかま》姿。

「お願いに御座います。黒坂《くろさか》家家老・農政改革担当奉行真田様どうかお聞き届けを」

直訴だ、法度などと言うもので取り締まりはしていない。

むしろ領民の声は聞きたいくらいなのだが、下々の者が領地を纏《まと》める者に対して直訴をする。それは一大事。

周りの稲刈りをしていた者の手が止まって少し顔色が暗くなり緊張の空気が走ったのがわかる。

幸村は、

「この近くの村の者か？　おかしいな、私が任されてる領地では、たまに村長や名主、町役を集めては語り合う機会を設けているのだが、見ない顔だな」

納得出来ていないような顔で言っているのが聞こえる。

幸村が、領民と上手《うま》くやっているのは春の田植えでも感じている。

宗矩が出している領内巡察隊の報告書でも俺の意をくんで働いていると書かれている。

「申し訳ありません。那珂《なか》郡金砂《かなさ》郷《ごう》村村長、長介《ちようすけ》と申します」

「ん？　那珂郡？　あの辺は確か高山《たかやま》右近《こん》殿の領地管理地のはずだが」

「その高山右近様の事で、大殿様にお取り次ぎ願うべく、側近の中でも我々農民にもよくして下さると噂《うわさ》の真田様にお願いに来たのでございます」

高山右近の名を聞いた俺は編み笠を取り、

「長介と申したな、聞こうではないか」

俺が歩み寄ると稲刈りをしていた者を含め不思議そうな顔をして俺に視線を送る。

当然だ。

領内巡察隊の一人が黒坂家重臣真田幸村の前に出て偉そうに言うのだから。

「黒坂常陸守《ひたちのかみ》様御本人である」

巡察隊の頭が号令すると、皆がひれ伏した。

「御大将、ここで名乗らなくてもちゃんと、この様な者の言上は聞きますのに。それに領民に宛てた高札で出していましたよね？　聞く耳は持っていると。私はちゃんとそれ守っているんですけどねぇ」

幸村はせっかく隠していたのになぜ名乗るかな？　と、言う困り顔をしながら汗を拭っていた。

稲刈りの邪魔になるので田畑から場所を移す。

高野城の城内に入り、対面所となる広間に入る。

長介を白砂と呼ばれる庭に通す手はずだったらしいが、玉砂利の上に罪人でもない者を座らせたくはなく、広間に通させる。

俺は一段上の上座、長介は一段下の下座、俺と長介のあいだには真田幸村の他、茨城城から駆け付けた森力丸《もりりきまる》、柳生宗矩、前田慶次《まえだけいじ》が座る。

長介が緊張で震えているのがわかる。

頭を床に付けて震えている。

「面を上げて直答を許す」

力丸が長介に向かって言う。

「長介、面を上げて何を直訴に及んだか申せ、遠慮はいらぬ。領民が大変な思いをしているなら改善を約束している黒坂常陸《ひたち》様に全て申すが良い」

幸村が質問する。

「はっはい、この命をかけて申し上げます。高山右近様、伴天連《ばてれん》の神の信仰が篤《あつ》く、寺社を蔑《ないがし》ろにしております。蔑ろにするならまだしも、金砂《かなさ》神社の御魂《みたま》を浄《きよ》めるための祭祀《さいし》開催を許していただけなく、困っております」

東西有る金砂神社、その大祭礼は、史実歴史時代線の平成でも72年に一回行われた。

御神体を海で浄める為の大切な祭祀。

非公開とされている御神体は一説には鮑《あわび》の貝殻と伝わっている。

金砂郷村から、日立市水木浜まで大名行列のような行列で、御神体を運び浄める儀式。

とてもとても大切な神事だ。

「高山右近は、邪魔をするのか？」

「はい、大祭礼を許可していただけなく、勝手に行えば一揆《いっき》として村人全員を磔《はりつけ》にすると申しておりまして、常陸国の神々を篤く信仰している黒坂様とは正反対で困り申しております」

「うん、俺は日本国の神々の力をお借りする身。蔑ろにはしたくはない。だが、伴天連の神々を否定する気もないのだが、高山右近にはそれを申し付けてあるのだがな」

「ご存じではないのですか？　笠間《かさま》稲荷《いなり》神社以外は朽ち果てようとしています」

「あれ？　整備、改修を頼んだのに真《まこと》か？」

「はい、南蛮寺は大きくなる一方に対して伊達《だて》様が取りかかられた笠間稲荷神社以外は一切手付かず」

高山右近が整備を渋ったので、伊達政道《まさみち》に笠間稲荷神社の整備は申し付けた。

伊達政道は俺の期待通りに働いてくれるが、如何《いかん》せんあっちこっちと同行させているので、領地内となる他の寺社は高山右近が責任者となる。

茨城県の聖地たる笠間に高山右近の相性は悪かった。

高山右近、寺社から離れた場所を任せるべきだったと俺はこの時、気が付いた。

「死人はでたか？」

「いえ、捕縛されし者は御座いますが、まだ死人は」

ホッと胸をなで下ろす。

「あいわかった。力丸、高山右近に茨城城への登城を申し付けよ。この一見で捕縛されし者は俺の命で解き放ちとする」

「かしこまりました」

返事をする力丸の後に慶次が、

「斬りますか？」

「いやいやいやいや、次から次へと暗殺はしないで良いから、慶次、宗矩、幸村、忍びの暗殺は許さないからな」

小野忠明《おのただあき》の一件がある。

うちの重臣の前田慶次、真田幸村、柳生宗矩、伊達政道は配下に忍びを持つ。

その為《ため》、俺が首に扇子を当て斬る真似事《まねごと》をするだけで暗殺は容易なのだが、高山右近を暗殺する理由はまだない。

茨城城に呼び出し詳細を本人から聞くのが先《ま》ずは大事。

大祭礼に反対する正当な理由があるかもしれない。

農民が集まるきっかけとなれば、一揆を危惧して反対している、と言われてしまえば領地をとりまとめる者として正当な理由だ。

南蛮寺を保護したいが為、発展させたいが為の理由でも、処罰は与えたとしても暗殺する理由はない。

「御大将、ルイス・フロイスにも登城を命じてください」

「ん？　慶次どうして？」

「はっ、人身売買の調べを続けておりましたが、ルイス・フロイスの加担を以前捕まえた南蛮商人が吐きましてございます」

「そうかわかった。力丸、使者として二人を城へ」

「はっ」

翌々日、茨城城の大広間には笠間城城代・高山右近と笠間城に逗留《とうりゅう》している幕府南蛮寺総代ルイス・フロイス。

この問題の当事者の一人、笠間稲荷神社の改修を任せてある伊達政道、家臣筆頭の森力丸、重臣の前田慶次に柳生宗矩に真田幸村が集まる。

広間の襖《ふすま》の向こう側には言わずもがな、宗矩・慶次・幸村の手練《てだ》れの家臣と真壁氏幹《まかべうじもと》が得物、武器を持ち控えている。

「政道、笠間周辺の寺社の改修は順調か？」

当たり障りなく政道から聞いてみる。

「そ、それが……」

「常陸様、言いたいことはすでにわかっております。そのように遠回しにいたさなくても」

「デウスの加護アランコトヲ」

「そうか、右近、申したはず。俺は信仰の自由を認めるが寺社仏閣を蔑ろにする事は許さぬと」

「常陸様、主はあなた様をお導きせよと仰せです」

「誰が言った？　そこのルイス・フロイスか？　俺は改宗はせぬぞ」

「オーマイゴッド」

流暢《りゅうちょう》に日本語をいつもなら話しているルイス・フロイスが鬱陶しい。

なぜか今日はカタコト外国人。

「ルイス・フロイス、幕府南蛮寺総代を利用し高山右近を説き伏せ常陸から乗っ取るつもりか？」

力丸は怒鳴りつけた。

「オウッ、ナンノコトダカワカリマセンネ」

「民を海外に売っているのは、すでに調べがついている。南蛮商人ミッドリー・ユ・リコは全てを白状した。余罪ことごとく吟味後磔といたす。御大将は人の売り買いをなくそうとしているのにあるまじき行為、恥を知れ」

大声を張り上げ、刀を抜きそうな勢いの慶次。

慶次は町に紛れては人の売り買いの流れを調べていた。

ただただ、飲み歩いているわけではない、遠山金四郎《とおやまきんしろう》みたいな感じだ。

この詮議の少し前に南蛮商人を奴隷貿易の罪で捕縛、現在、前田慶次の城、土浦城で厳しい取り調べをしているそうだ。

「御大将、行き場のない下々の者をこの国にあふれ返らせていては国の為にはなりません」

そう言う右近に宗矩が、

「口を慎め、今そのような者を減らそうとしている御大将のお心がわからぬとは情けなし」

「右近、残念だが俺の命じた事を守れぬ者を当家で雇い続ける事は出来ぬ」

「切腹ですか？　私はキリシタン、自害は主が許しません」

「そうそう軽々しく、命のやり取りの話をしてくれるな。切腹は命じぬし磔や火炙《ひあぶ》りにもしないが蟄居《ちつきよ》を命じる」

「御大将、生温《なまぬる》きかと」

「力丸、そう言うな。命取るのは容易《たやす》きことだが、高山右近、働き場所さえちがわば才能は生かせる。筑波《つくば》に作った牧場に笠間の城は申し分ない働きだった。ただ、今回のように宗教に関する事では俺とはわかりあえないだけのこと。それとルイス・フロイスをそばに置いていてはいかぬだけのこと」

「ごもっともには御座いますが、御大将」

「慶次、これはもう決めた事、高山右近、笠間城城代の任を解き、蟄居を申し付ける。また、奴隷貿易に加担した罪でルイス・フロイス、そなたも同様に蟄居を申し付ける。幕府には俺から南蛮寺総代の地位を剝奪するよう言上した上で国外追放にいたす」

「オウッ、アナタは悪魔にトリツカレタカ」

「控えよ、ルイス・フロイス」

慶次が頭を無理矢理、畳に押さえ込む。

「ルイス・フロイス、不都合を悪魔や魔女を言い訳にして次々に縛り首にしていくバチカンのやり方には賛同出来ないし、俺も同じにはなりたくはない。ルイス・フロイス、良いか、覚えておけ。地球は太陽の周りを動き宇宙は広がり続ける。それを否定するお前達《たち》の主は400年後『過ちだった』と、謝罪するんだ」

「嘘《うそ》だ、神を愚弄するか、悪魔め、何が妖魔退治の大納言だ!、貴様が悪魔だ、悪魔め!」

ルイス・フロイスはわめき散らすが慶次が押さえ込み続けると気絶した。

このままルイス・フロイスは城の座敷牢《ろう》に一旦閉じ込められる。

俺は安土《あづち》にことの次第を手紙に書き知らせると、あっさりと受理されルイス・フロイスは大阪城に移され、高山右近《たかやまうこん》は黒坂《くろさか》家の与力からはずされ田舎の一役人として飛ばされることとなった。

奴隷貿易と首謀者の商人は、犬吠埼《いぬぼうさき》の高台で磔後、野ざらしにされた。

この一件で南蛮商人が震え上がっていたと、後にうちに出入りする御用商人から耳にした。

高山右近をうちから追い出したからと言ってキリスト教徒の弾圧はしないよう、家臣達に命じた。

ルイス・フロイスの代わりに笠間城南蛮寺には日本人の信仰者が責任者として入る事となる。

笠間城の城代が空席となってしまった。

常陸国、西の守りの要になる笠間城城代が空席と言うのは隣の下野《しもつけ》が敵ではなくても避けなければならない。

家臣のメンバーを見ながら悩む。

誰にする？　誰を城代に。

笠間城、笠間稲荷神社、笠間焼？

「力丸《りきまる》、笠間城の城代なのだが左甚五郎《ひだりじんごろう》を任じようと思うがどうだ？」

「はっ、武士上がりではないので統治、守備をする役目には問題がありますが、左甚五郎殿は御大将の文化的価値観をよく理解する人物、遅れている笠間稲荷神社の改築修繕にもよろしいかとは思いますので、いかがでしょう？　左甚五郎殿は城代といたして、守衛奉行に新免無二《しんめんむに》、もしくは佐々木小次郎《ささきこじろう》を任じましては？　補佐させればよろしいかと」

力丸は的確な助言をしてくれる。

「よし、左甚五郎と新免無二を城に呼んでくれ」

新免無二は、すぐ近くの土浦城に居るため、その日に茨城城に登城する。

「新免無二、笠間城付き与力として守衛奉行を命じる。上役の城代が左甚五郎になるが命をよく聞いて協力して働いてくれ。左甚五郎は武士上がりではないが俺の手足も同然の存在、粗雑に扱うなよ」

「はっ、かしこまりましてございます」

あの二刀流の使い手、宮本武蔵《みやもとむさし》の父親は雇ってからは、前田慶次《まえだけいじ》に任せてあったが、働きは真面目で、街に潜り込んで消える慶次の代わりに、市中見回り同心達に十手術を厳しく教え込んだ。

城下の治安維持に大きく貢献しているという。

その翌日、鹿島城で鹿島神宮改修修繕工事の陣頭指揮を執っていた左甚五郎も登城する。

「殿様、何事ですか？　また、何か作りますか？」

「確かに作ってはもらうが、先ずは昇進を言い渡す。左甚五郎、五千石を加増し黒坂家家老に列席を命じる。そして笠間城城代に任じる。鹿島神宮で忙しいかとは思うが笠間稲荷

「えっ！　あっしなんぞがじょ、じょ、じょ、城代、ん？　冗談？　家老？」

「冗談ではない。これまでの働き申し分なし。俺の意図を酌んだ建造物の数々は高く評価出来る。また、今、取り掛かっている耐熱煉瓦《れんが》作りも笠間の方が何かと良かろう、よって笠間一帯を任せる。国友茂光《くにともしげみつ》に任せた大事業も考えると、物作りを生業としてきた者が上に立つのが良いと考える。よって、左甚五郎を笠間城城代とする」

「もったいなきことにございます。この甚五郎、一生をかけて発展させます。で、笠間稲荷神社には狐《きつね》を美少女化いたした社殿を希望いたしますか？」

「うん、それしばらく封印で、俺がたまに頼む小物とかには美少女彫刻を頼むけど、寺社は真面目に伝統的な造りで造ってもらってかまわないから。それと先ずは金砂《かなさ》神社の大祭礼に協力してやってくれ。寺社を作ってきた甚五郎なら大切さもわかるだろう？」

「はっ、御神体は神の分け御霊《みたま》。大切にいたさねばならぬもの。大祭礼、滞りなく進むよう働かせていただきますてんだい。では、早々に取り掛からせていただきます。一つだけよろしいでしょうか？」

「ん？　誰かを与力にでもするか？」

「いや、狩野《かのう》の旦那もその黒坂家の末席に加わりたいと常々申しておりまして、あっしが雇ってよろしいでしょうか？」

「狩野永徳《えいとく》か？　え？　だって信長《のぶなが》様の家臣じゃないの？」

力丸に聞くと絵師はその都度、雇われているだけで、家臣ではないという。

もったいない。狩野永徳ほどの腕は囲いたい。

「よし、狩野永徳は学校の教育にも大いに貢献してくれた。これからも期待できる。俺の直臣として四千石を与え侍大将の家格とする。これでいいか？」

狩野永徳の紹介で紙漉《かみす》き職人も学校で雇え、収入に大きく貢献している。

これから様々な物を作るときに人脈も役に立ちそう。

「狩野の旦那も喜びます」

「甚五郎、大工も鍛冶師も陶芸師でも絵師でも才能ある者、見込みがある者は今後も推挙してくれ」

「はっはぁぁ。しかとその様にいたします」

この後、笠間稲荷神社は名工・左甚五郎と直臣に加わった狩野永徳の手により荘厳な社殿が……荘厳な社殿のはずが俺の予想を覆す物が建てられるのだが、それはいずれ語る時が来るだろう。

左甚五郎には武士出身でなくとも出世をする、うちの良い前例となって欲しい。

《織田《おだ》信忠《のぶただ》と高山右近》

常陸国《ひたちのくに》から引き取った高山右近に比叡山《ひえいざん》で謹慎を命じ、ルイス・フロイスは日本国から追放とした。

高山右近、南蛮宣教師から距離を取らせた方が良いと常陸殿の手紙には書いてある。

そして、命取るほどの罪はしていないと。

常陸殿もご自身で罰を与えれば良いものをわざわざ送り返してきて。

さて、常陸殿の命に背く働きをしたとなれば、父上様なら容赦なく首を落としただろうが、常陸殿の顔も立ててやらねばなるまい。伴天連《ばてれん》との交易の奉行として、どこかの港町に。

「三河守《みかわのかみ》、高山右近をどこかの島の港奉行にせよ」

「公方《くぼう》様、なれば、しばらくは大黒弥助《だいこくやすけ》の伊豆《いず》預けでよろしいかと。上様が異国に領地を増やされたとき、その港の奉行といたせば」

「うむ、そうだな。それで良い」

父上様がやりそうな事、異国に港の設置。

ご自身が世界への旅をしやすくなるように。

なにやら、常陸殿にも吹き込まれていたようだし、辺境の港も出来るであろう。

その時、使う者として生かしておくのも悪くないだろう。

送り返すなら、そこまで常陸殿は気を回して欲しいものよ。

常陸殿が描かれた地図、『父島』その港の整備をするため、大黒家与力を高山右近に命じた。

上様の世界への一歩は先《ま》ず、バナナを求めてフィリピンへ……。

上様も常陸様の料理で、食道楽に目覚めてしまわれた。

バナナ以外にも、ぱいなつぷる？　おっぱいぷる？　酸っぱい奇妙な実を大変気に入られてしまって南へ。

常陸様の話だと産地は暖かな南の島々だと。

その地を手に入れるべく目指す上様。

「上様、先ずは琉球《りゅうきゅう》ですがいかがいたします？　攻めますか？」

「蘭丸《らんまる》、もう猿が動いているはずだ」

「え？　羽柴《はしば》様がですか？」

「あやつは九州に飛ばされたことに不満を持っているはず」

「しかしながら、九州を束ねる大大名への出世、それにまで不満を？」

「あやつはそう言うやつだ」

「ならば、明智《あけち》のように謀反を？」

「そこが明智と違うところよ。常陸は疑いの眼差《まなざ》しで見ていたがな。猿はどう儂《わし》に褒めてもらえるかを考え行動する。と、なれば琉球など調略済み。ほれ、港には木瓜《もっこう》の旗がなびい

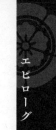

ておるであろう」

「あっ」

琉球の港には織田家の旗と、羽柴家の五七桐《ごしちぎり》の旗が高く掲げられていた。

「上様、私が先ずは確認して参ります」

「うむ、行ってこい」

自分の船に戻り、いつでも砲撃できるように準備して港に近づくと数隻の小さな船が近づいてきた。

「我は羽柴家家臣・黒田吉兵衛長政《くろだきちべえながまさ》。名を申されたし」

「我は森淡路守成利《もりあわじのかみなりとし》である」

「ご無礼仕《つかまつ》りました。羽柴の殿より上様を琉球国にお招きせよと命じられております。どうぞこちらへ」

味方であることを知らせるのに空砲を一発鳴らすと沖に停泊していた上様の船も島に近づいてきた。

先に島に降りると琉球国の使者と共に出迎えが。

「淡路様、琉球王国、我が主《あるじ》が日本国に従属させました。上様にお取り次ぎを」

「そうか、羽柴様が」

戦わずして従属させる。

羽柴秀吉《ひでよし》の得意技か？　と、納得していると、上様が船を降りる。

「上様、羽柴秀吉様が琉球国を従属させたとのこと」

「で、あるか」

「羽柴家家臣・黒田吉兵衛長政、我が主より言付けを仰せつかっております。従属させる代わりに琉球国の領地安泰の許しを与えたと」

「で、あるか」

「上様、ではお許しを？」

「常陸が申す日本国には琉球国も含まれておる。これ以上同じ日本の民同士が争い血を流す必要はあるまい。猿が従属させたならなおさらのこと。ただし、日本国に王は一人、二人も三人もいらぬ。琉球王には従四位下参議の位を与え『琉球探題』を命じる。他の大名と同列、幕府の下に入らせる。これを受け入れなければ滅ぼすと伝えよ。領地はこれまでどおりといたし、目付役を羽柴家から在住させよ」

「はっ」

琉球国王朝は羽柴秀吉に先にその様になるだろうと伝えられていたようで、また、薩摩《さつま》の島津《しまづ》が砲撃でことごとく焼き尽くされ滅ぼされたことが耳に入っていたようで、あっさりと受け入れられた。

これを受け入れなければ同じ目に遭うと捉えたのだろう。

そして、この大船団。

脅しとしては、これ以上のものはない。
日を置かずに琉球国王朝はその歴史に幕を下ろし正式に臣下になることを受け入れた。
常陸様、これであなたが見ていた時代の日本国になりましたよ。
地図を見ながら、『沖縄』と書かれた文字を指でなぞった。
地名はこのままで良いのかな？　上様と常陸様で決めそうだけれど。
補給出来る港を確保出来た上様は上機嫌で、サトウキビを囓《かじ》っていた。
……これ、甘くて汁は美味《うま》いが堅い。
上様の顎、強いな……。
弥助はバリバリと上様が食べる分のサトウキビの皮を剝いでいる。
うん、もう良いと思うのだけれど。
はぁ～それにしても暑いな。
常陸様はここで暮らした方が良いのではないのか？
「なぜに常陸は琉球に住みたいと言わないのだ？　あの寒がりめ」
上様も不思議がっていた。
常陸様が望めば南の島も領地になるだろうに、不思議だ。
常陸様ならこの気候も知っているだろうに。

「ハックション、ビャックション」

「大納言様、お風邪ですか？　今、薬、煎じますから」

「ん〜風邪じゃないと思うんだけどな〜信長様と蘭丸あたりなんか噂《うわさ》してそう」

「兎《と》に角《かく》、お薬、飲んでいただきます。茶々《ちゃちゃ》の方様から大納言様の健康管理を任されましたから」

「わかったよ、小糸《こいと》。ただ、苦くしないでね」

「無理です。良薬口に苦しと申します。今の症状からだと苦いのが合うかと思います」

「う〜小糸もっと俺にも優しくしてよ！　千世《ちよ》にやたら懐かれてるけど」

「無理です。夜伽《よとぎ》であんなに痛く恥ずかしい思いさせられたのに優しくしろだなんて出来ません」

言葉は冷たくキツい小糸だったが、背中に羽織をかけてくれると、薬研《やげん》で薬の調合を始めていた。

絶対、信長様と蘭丸がなんで南の島で暮らしたいと言わない？って、噂してるよ。

俺、寒がりだけど、暑過ぎるのも嫌いなんだよ。

茨城は夏涼しく、冬暖かくて丁度良いの。

どこかでそんな噂されていそうなことだろうと、苦い薬を飲みながら一人思っていた。

せんぶり入れただろ、小糸……。

「失礼いたします」

「改まってそんなかしこまった挨拶良いって。もう祝言を挙げた家族なんだから」

「ですが、けじめです」

そう言って三つ指を突いて布団の脇で頭を下げる小糸《こいと》をぎゅっと抱きしめた。

「クンクンクンクン、あ〜やっぱりなんか香ばしい匂い。夏の干した布団みたい」

「うっ、大納言様？　私臭いですか？」

「違うって、小糸自身の良い匂い、クンクン」

「お止《や》めになってください。恥ずかしいでございます」

「クンクンクンクン」

「恥ずかしいって言ってんでしょ！　さっさと事を済ませて寝ますわよ」

小糸の隠していたキャラ強い、男っぽい。

格好いい。

バサリと裸になり覆い被《かぶ》さってきた小糸は力強かった。

山で鍛えた筋力に、日焼けした肌がその男っぽさをさらに増させていたが、目は恥ずかしいようで泳いでいた。

ぎゅっと抱きしめて……。

「うわっ、痛い痛い痛いってば！」

「姉様、初夜、そのどうでした？」

「……恥ずかしいわ痛いわもう凄《すご》いわよ」

「でも私は大納言様のお種いただいて子供産みたいでした」

「私だって産みたいわよ。嫌いではないもの、大納言様のこと。でも痛かった」

「う～私、今夜が順番だから緊張するとでした」

「はい、痛み止め、あと葛粉、溶いたのか、油を寝所に持って行きなさい」

「え？」

「良いから、わかるから」

「はい、姉様」

私は少し恐《こわ》く震えながら抱かれましたが、大納言様の温《ぬく》もりは大変心地好かったでした。

姉様はどんな夜伽をしたのか謎です。

特別編　小糸姉妹の夜伽順番誓約書

「小糸さん、小滝《こたき》さん、これから家族、仲良くしましょうね」

二人にそう優しく声をかけた桜子《さくらこ》だったが、小糸はしかめっ面を見せ、

「仲良く？　大納言様のご寵愛《ちょうあい》を奪い合う仲なのに？」

「姉様、桜子の方様に失礼でした」

「だって小滝、そうでしょ？」

「……ですが姉様」

一悶着《ひともんちゃく》始まりそうな所にお江《ごう》が入ってきた。

「あっ、小糸ちゃんも小滝ちゃんも夜伽順番の約束を神文血判に書いてもらうね。茶々姉上様から頼まれたから、はいこれ」

お江は神文血判と呼ばれる独特の裏書きがある紙を二人に差し出して筆を渡した。

「え？　なんですか、これは？」

「夜伽は交代制、マコが誰か一人に肩入れしないように、武甕槌大神《たけみかづちのおおかみ》様に誓っているの。私達《たち》側室も交代の順を守るように神様に誓うの。マコの噂、知らない？　陰陽師で鹿島神宮を崇拝しているから絶対の約束なんだよ」

二人は黒坂《くろさか》家に嫁ぐ前に伊達《だて》家で教育を受けており、黒坂真琴《まこと》の噂も耳にしていた。

「このようにして側室もわけへだてなく？　でれすけの癖に真面目？　はっ？　訳がわからないわ」

「流石《さすが》です、大納言様でした」

「書かないと夜伽の順から外すからね」

お江がキリッとした目つきで言うとあたりは冷たい空気が流れたように緊張が走った。

「書けば良いんでしょ、書けば」

「私は順番で回ってくるのが約束されるなら喜んで書かせていただきますでした」

小糸と小滝は夜伽順番誓約書を書きそれもまた鹿島神宮に納められた。

未来で発見されることとなる誓約書はまた増えていた。

「姉様、大納言様の事どう呼びましょう？」

「え？　良いんじゃない、大納言様で」

「茶々様方はお名前で、桜子の方様達は御主人様と呼んでますが……ん？　桃子《ももこ》の方様は『おにいちゃん』ってたまに呼んでました」

「キモッ、側室におにいちゃんなんて呼ばせるなんて」

「姉様、口が」

「わかっているわよ。っとに、下女出身の側室だろうと好きにさせているのが不思議なのよ」

「慕われていて良いと思いました。私もおにいちゃんって呼んでみたいでした」

「喜ぶんじゃない？　あのでれすけ」

「姉様、くれぐれも大納言様のこと『でれすけ』って呼ばないでくださいです」

「はいはい、気をつけます。私は大納言様で続けるわよ。何気に気に入っているらしいわよ。『だいなごん』って響きが」

「へ〜誰が教えてくれたでした？」

「桜子の方様が教えてくれたのよ。近江《おうみ》からずっとお世話しているそうよ」

「姉様、桜子の方様と仲良くなられたのですか？」

「大納言様の体を気遣って何か良い植物はないかって聞いてきたから、仙台で食べたセリ鍋を教えてあげただけよ」

「根まで食べるあの鍋、美味《おい》しかったでした」

「そのうち夕飯になるんじゃない？」

「また食べたいでした」

「でれすけに何食べさせた方が良いのかしら？　毎日仕事仕事って体壊すわよ」

「ふふふっ、姉様らしい。口は悪いけど好いた人には優しいでした」

「うっさいわね。あんな変わり者、心ひかれない方がおかしいのよ」

二人に冷え性の薬草を頼もうと思い部屋に向かうと漏れ聞こえてしまった。

うん、別に『おにいちゃん』でも、『でれすけ』でも好きに呼ぶと良いさ。

はははははっ、なんか、茨城の暴れ馬と呼ばれていた頃が懐かしく感じた。

あとがき

『本能寺から始める信長《のぶなが》との天下統一5』のご購入、ありがとうございます。

まず、今巻発売月が2021年3月ということで東日本大震災から10年となりました。

　　　　　　　　　　　　　　　　　　　　　　　　　　　　　　黙禱《もくとう》

そして、令和3年2月13日、またしても大きな地震がありました。

被害に遭われた皆様に、お見舞い申し上げます。

我が家もかなり揺れましたが、棚から物が落ちるくらいで被害はほとんどありませんでしたので、どうかご心配なさらないで下さい。

読者の皆様には311が記憶にない若い方も大勢いるかとは思いますが、災害があったということだけは覚えておいてほしいと思います。

かなり砕けた物語を書いているのは自覚しておりますが、その中に災害の話を入れているのは、ふざけた気持ち、軽い気持ちからではなく、忘れてほしくないと言う考えからです。

『災害は忘れた頃にやってくる』

この言葉は本当に大切です。

この物語を読んだときに思い出して、ちょっとだけ日持ちする食料や水を多めに買うなどしていただければ、作者として嬉《うれ》しく思います。

ちょっとした備蓄が大いに役に立ちます。東日本大震災被災者の一人としての経験より。

さて、なかなか旅行に行けない御時世ですが、ライトノベルの世界で旅を楽しんでいただければと思います。

今巻は『茨城県』そして、『福島県いわき市』を主な舞台と致しました。どうだったでしょうか？　知られざる魅力に出会うことは出来たでしょうか？　少しでも多くの読者様に私の故郷に興味を持ってもらえると嬉しいと思います。

『茨城には意外に温泉あんだかんね！　ごじゃっぺ言ってねぇ〜で、温まりさこ（来）』（茨城弁）

そして作中に登場する『日本のハワイ』で有名な福島県いわき市湯本温泉は意外にも古く歴史ある温泉で、私自身にとっても一番身近な温泉。祖父母によく連れて行ってもらったのを思い出します。

是非ともいつの日か、お越し下されればと思います。福島の銘酒を飲みながら温泉、最高ですよ。福島県の作物、生産物は今でもしっかり検査を受けており、安心して飲食出来る物です。マイナスのイメージが少しでも消えてくれればと願っています。

多くの読者様による『本能寺から始める信長との天下統一、聖地巡礼だ！』なんてツイートを目に出来る日を楽しみにしています。

きっと何も気にせず旅行出来る日が戻ってくる。そう信じて、今を乗り切りましょう。

ただし、心霊スポット巡りは本当、物語だけで楽しんで下さい。

いろいろ危険なので、深夜に行くのは絶対にやめていただければと思います。

笠間《かさま》城跡付近は昼間ならハイキングコースとなっておりますので、マナーと節度を守って入山していただければと思います。

また、パワースポット・茨城県日立市の御岩《おいわ》神社の神社参道は整備のされた道ですが、奥の院となる裏山は、大変足下が滑りやすい山となっております。ほぼ、登山です。必ず軽登山用の靴等の準備をしていただき、神社の注意書きに従って入山下さいますようお願い申し上げます。


皆さん、コミカライズ版読んでいただけましたか？　今まで、イラストで会えなかった人物達《たち》が次々と登場、美少年森《もり》三兄弟、美魔女お市《いち》様などなど登場しております。

毎回、出来上がってくるのが楽しみで楽しみで、ワクワクしています。

実はライトノベルより、コミカライズされた作品を今まで多く読んできた漫画好きなので、この年齢で漫画の原作者になれたことは大変嬉しく思っております。

4月末、コミカライズ版1巻発売予定となっています。

是非とも、村橋《むらはし》リョウ先生が描くコミカライズ版『本能寺から始める信長との天下統一』も、よろしくお願いします。

さて、今後、主人公黒坂真琴《くろさかまこと》、そして織田《おだ》信長はどこに向かうでしょうか？　もしかしたら、あなたの県に行くかも知れませんよ。

WEB版にはない加筆をどんどんしていくつもりですので、今後もお楽しみいただければと思います。


そして、最後に一つだけお願いがあります。

この物語は『戦国時代』16世紀後半から17世紀前半をモチーフにした物語です。

当時の日本で使われていた呼称、敬称、表現を用いています。

今現在では、『差別』として不適切では？　と、指摘される言葉などです。

ただし、それは『差別』の意味としては使っておりません。

作中の時代では当然のように使われていた言葉としての使用です。

むしろ、主人公は差別を無くそうとする物語です。

勿論《もちろん》、私自身、差別はいけないことと思っております。

不快に思う言葉が作中にあるかもしれません。

しかし、全てを今の基準に合わせると多くの言葉が使えなく、時代劇物語としての味が出せなくなります。

例えば『下女』など下働きをする者達を『家政婦』と表現してしまうと全く別物になっ

てしまいます。その辺りを何卒《なにとぞ》ご理解いただければと思います。

出来うる限り皆様に楽しんでいただける作品を目指してはおりますので、よろしくお願いします。

杉花粉に悩まされながら、6巻も書き始めております。

出せると良いな。次巻でまたお会いしましょう。

常陸《ひたちの》之介《すけ》寛浩《かんこう》

OVERLAP

本能寺から始める信長との天下統一 5

発　行　2021年3月25日　初版第一刷発行

著　者　常陸之介寛浩
発行者　永田勝治
発行所　株式会社オーバーラップ
〒141-0031　東京都品川区西五反田7-9-5
校正・DTP　株式会社鷗来堂
印刷・製本　大日本印刷株式会社

Printed in Japan ISBN 978-4-86554-866-2 C0193

面倒な家事も、些細なイベントも、
女子大生と女子高生が一緒だと
ちょっと楽しい。
4/25
発売!!
駅徒歩7分1DK。
JD、JK付き。1
著：書店ゾンビ　イラスト：ユズハ